2022年度国家社会科学基金教育学一般课题
"西部地区职业教育民族技艺'活态'传承培养模式的研究"
（课题批准号：BJA220261）阶段性成果

WENHUA SHIYE XIA DE YISHU LIUBIAN YANJIU

文化视野下的艺术流变研究

李翠萍 ◎ 著

中国·武汉

内容提要

本书旨在系统探讨经典艺术和当代艺术在文化变迁中的演变和影响。全书以案例研究的方式，分析了经典艺术和当代艺术的起源、演变和特点，并结合中外文化背景进行深入研究，具有以下突出特点：首先，采用了案例研究方法，通过对具体艺术作品的深入分析，使得内容更富有实证性和可操作性；其次，以文化视角关注经典艺术和当代艺术在文化变迁中的演变，为读者提供多元文化背景下的理解和认识；最后，结合艺术理论和美学赏析，深入研究了艺术流变的启示和艺术发展的趋势，具有一定的指导意义。

本书适合对艺术、文化、美学等人文学科领域感兴趣的研究者、教师和学生阅读，也可供相关专业人员参考和借鉴。通过深入研究和分析，读者可以对经典艺术和当代艺术的发展趋势有更深入的理解和体悟。

图书在版编目（CIP）数据

文化视野下的艺术流变研究 / 李翠萍著. -- 武汉：华中科技大学出版社，2024.10.
ISBN 978-7-5772-1065-0

Ⅰ. I01

中国国家版本馆 CIP 数据核字第 2024TG2154 号

文化视野下的艺术流变研究　　　　　　　　　　　　　李翠萍　著
Wenhua Shiye xia de Yishu Liubian Yanjiu

策划编辑：	袁文娣
责任编辑：	王晓东　董　雪
封面设计：	原色设计
责任校对：	张汇娟
责任监印：	周治超
出版发行：	华中科技大学出版社（中国·武汉）　电话：(027) 81321913
	武汉市东湖新技术开发区华工科技园　邮编：430223
录　　排：	华中科技大学出版社美编室
印　　刷：	武汉市洪林印务有限公司
开　　本：	710mm×1000mm　1/16
印　　张：	10
字　　数：	156 千字
版　　次：	2024 年 10 月第 1 版第 1 次印刷
定　　价：	89.00 元

本书若有印装质量问题，请向出版社营销中心调换
全国免费服务热线：400-6679-118　　竭诚为您服务
版权所有　侵权必究

作者简介

李翠萍，河南郑州人，民进广西区委会文化委员会委员，暨南大学文艺学硕士、澳门城市大学教育美学博士，现任广西机电职业技术学院的教师。长期从事艺术与文化研究领域的教学与研究工作，尤其专注于艺术在不同文化背景下的流变与发展。曾在国内外重要期刊上发表多篇学术论文，主持或参与多项国家级和省部级科研项目。主要研究方向包括：文艺美学理论、文化研究、艺术流变等。

引　言

本书旨在探讨经典艺术作品与当代艺术发展之间的联系与变化，并从文化视野出发，分析其中的艺术流变现象。

在当代社会中，经典艺术作品与当代艺术形式之间存在着复杂而有趣的关系。经典艺术作品具有历史积淀和独特的审美价值，而当代艺术则不断追求创新并与社会现实相结合。然而，经典与当代的关系并非简单的对立，而是相互渗透、相互影响的。因此，研究经典与当代艺术流变的意义，就在于探索经典与当代之间的辩证关系，以及对艺术发展的启迪和借鉴。

本书旨在通过对经典与当代艺术流变的研究，探讨艺术发展的规律和趋势。通过对历史上的经典艺术作品和当代艺术形式的分析，我们可以观察到艺术在不同的历史时期和文化背景中的演变。同时，通过对当代艺术的观察和解读，我们也可以发现一些新的艺术表达方式和艺术理念。通过这种跨时空的对比与联系，我们可以更好地理解艺术的发展规律，并推动艺术的创新与进步。

在研究方法方面，本书采用了多种方法，包括文献研究、实地考察、比较分析和理论探讨，选择具有代表性的艺术流变案例，以艺术家或艺术作品为例，深入剖析经典与当代艺术之间的相互关系和交流。其一，通过对历史文献的梳理和分析，我们可以了解经典艺术作品的创作背景、艺术主题和审美特点，以及其对后世艺术发展的影响。同时，通过实地考察，我们可以观察当代艺术家的创作实践和思考，了解他们对经典的解读和诠释。其二，本书采用了比较分析的方法，通过对经典作品和当代作品的对比研究，揭示不同时期和文化背景下艺术变革的共性和特殊性。其三，本书还提供了一些理论探讨和分析，以揭示经典与当代艺术流变的内在逻辑和规律。

经典与当代艺术流变的研究具有重要的意义。

首先，经典与当代的对话与碰撞，有助于艺术的创新与发展。通过对经典的解读和再创作，当代艺术家可以赋予经典新的内涵和表达方式，从而推动艺术的进步。同时，对当代艺术的研究也可以启示我们对经典的重新理解和审视，帮助我们重新认识并赏析经典作品。

其次，研究经典与当代艺术流变可以揭示不同历史时期和文化背景下的艺术变革与观念的转变。通过对历史上的经典作品和当代艺术形式的对比分析，我们可以了解不同时期对艺术的审美追求和思考方式，进而了解社会、文化、政治因素对艺术发展的影响。这对于我们更深刻地理解艺术与社会的关系，推动当代艺术与社会的结合具有重要意义。

最后，研究经典与当代艺术流变可以提高我们的艺术鉴赏能力和审美水平。通过对经典作品和当代艺术形式的研究，我们可以培养对艺术的敏感性和理解力，提升我们的艺术欣赏力，并丰富我们的审美体验和文化素养。

综上所述，本书作为一本研究经典与当代艺术之间的关系、探讨艺术的发展规律和趋势的专著，具有重要的研究意义，可以推动艺术的创新与进步，对经典的重新认识和赏析给予启示，帮助我们了解艺术与社会的关系，提高我们的艺术鉴赏能力和审美水平。

李翠萍

2024 年 9 月

目 录

第一章 经典艺术的定义和研究 /1
第一节 经典艺术的起源与演变 /1
第二节 案例研究 /3
一、略论中国文学的"经典构成" /3
二、红色经典《朝阳沟》的经典化与去经典化 /7

第二章 当代艺术的定义和特点 /61
第一节 当代艺术概念 /61
第二节 案例研究 /62
一、传统水墨元素在当代设计中的审美研究 /62
二、郑州都市村庄民间娱乐文化的审美化研究及方向性引导 /72
三、数智时代的艺术美学赏析 /90

第三章 文化视野下的艺术流变 /102
第一节 经典与当代艺术流变及影响 /102
第二节 案例研究 /103
一、中西比较视野 /103
二、中国文化视野 /110
三、儒释道文化视野 /118

  四、中国文化背景下女性形象的演变 /125

  五、当下文化视野 /133

第四章 艺术流变的启示和前瞻 /139

结论 /141

参考文献 /143

第一章

经典艺术的定义和研究

第一节 经典艺术的起源与演变

经典艺术一般指代那些在特定历史背景下，被广泛接受、公认为具有卓越价值和重要意义的艺术作品、作品集合或艺术传统。经典艺术承载了社会共识、文化认同和审美标准，具有较高的艺术品质和普遍的影响力。

经典艺术的定义和解读会因各种因素而有所不同，包括文化背景、时代和审美观念的变迁等。传统上，经典艺术常常与古典文化和古代文明相关联，代表了某个时期或某个文化群体的最高艺术成就。然而，在当代文化视野下，经典艺术的定义也会随着时间的推移而演变和扩展，可以包括更广泛的艺术形式和文化范畴。

中华民族的经典艺术可以追溯到古代的礼乐艺术。礼乐是古代社会的文化核心，它通过仪式、音乐、舞蹈等多种形式，承载着至高无上的道德规范、社会秩序和价值观念，广泛影响着中国文化的发展。在演变过程中，经典艺术不断受到外来文化的影响，各个历史时期都有不同的艺术表达形式和风格。例如，在唐宋时期，诗、书、画、琴等艺术形式充分融合，呈现独具特色的文化艺术繁荣状况。明清时期，戏曲、小说、绘画等艺术形式发展迅速，丰富多样的艺术表达方式得以形成。中国的经典艺术对当代艺术也产生了广泛而深远的影响。一方面，经典艺术作为传统文化的重要组成部分，为当代艺术提供了丰富的创作资源和灵感。许多当代艺术家通过对经典艺术的研究和借鉴，创造出具有现代特色的艺术作品。另一方面，经典艺术的精髓和价值观念也为当代艺术注入了文化的力量和思想的底蕴，使得当代艺术更具深度和内涵。

西方经典艺术的起源可以追溯到古希腊和古罗马时期。在这一时期，希腊雕塑、建筑和戏剧等艺术形式成为典范。经典艺术的特点包括对人体的形态结构和比例的准确追求、对自然世界的形象描绘和对人性的深刻触及等。希腊建筑的伊奥尼亚、多利克和科林斯三种风格，成为古典建筑的基石，而希腊戏剧的悲剧和喜剧形式，至今仍对戏剧的发展产生着重要的影响。西方经典艺术的演变过程也受到历史、文化和社会等多种因素的影响。随着时代的变迁，艺术形式和手法不断进化。例如，在现代主义艺术的发展中，随着印象主义、立体派、抽象表现主义等流派的出现，其艺术开始追求独特的个人风格和艺术自由；而当代艺术则更加注重对传统的批判和颠覆，并探索新的艺术形式和表达方式。这些变化使得经典艺术在不同的历史阶段产生着不同的影响。

由此可见，经典艺术对当代艺术产生了深远的影响。首先，经典艺术作为过去艺术的典范，为当代艺术带来了丰富的历史文化积累和精神素材。当代艺术家在传承经典的同时，也通过对经典艺术的再创造和解构，使其与当代社会、文化及审美价值产生互动与碰撞。其次，经典艺术的审美观念、创作理念和表达手法给当代艺术带来了启示。艺术家可以借鉴经典艺术的技巧和表现方法，创造出与时代相契合、具有独特魅力的作品。最后，经典艺术作品中所体现的普遍性和永恒性也使得其成为当代艺术与其对话和进行反思的桥梁。艺术家可以通过对经典艺术的研究和反思，思考当代社会、文化和艺术的现状，并提出相应的观点和表达方式。

总之，经典艺术作为过去艺术的典范，承载着丰富的历史文化积累和精神瑰宝。其起源、演变过程和相关理论的研究，有助于我们更好地理解和欣赏经典艺术的价值和意义。经典艺术对当代艺术的影响体现在历史的传承、技巧的传播和观念的启发等方面，为当代艺术的发展做出了重要贡献，同时也为当代艺术家提供了无限的创作灵感和思想启示。

第二节 案例研究

一、略论中国文学的"经典构成"[①]

文学"经典构成"（canon formation）的概念是荷兰学者佛克马在讨论西方文学和现代中国文学之经典时提出的，它指的是文学经典的构成过程及内外因素和条件。本章主要从话语权力、文本自身、文本的历时性三方面论述文学的经典构成。以下先从文本自身、文本的历时性两方面简略谈谈笔者的看法。

（一）文本自身

一些文学经典的形成通常与其背后的权力相关联，这样我们就不难理解为什么同样一部作品在不同时代的境遇却不一样。那么，文学经典构成要素仅仅是背后的权力因素吗？真的如西方某些后现代主义批评家所言，并非由于这些作品本身有任何内在的因素或价值，而是因为它们代表了文化的主流意识形态，得到社会上少数权威人士的赞同，加上编辑、出版等商业行为的促成，才攫取了经典的地位？

这显然又变成了文本的虚无主义，忽略了文本自身所具有的艺术魅力和审美品格，以文学史上的事例来讲也是说不通的。

一部经典作品并非必须达到艺术极致、十全十美，但它通常在很大程度上开辟了新的艺术范式，可供后人不断效仿。

[①] 此部分系由本书作者的学生之论文《略论中国文学的"经典构成"》整理而成，原文发表在《飞天》2012年第4期，第4-5页。

"大跃进"时期，我国文坛上也呈现一片"大繁荣"，作品数量很多，但行之不远，能够超越时间界限的是那些在艺术上有审美性、原创性的作品。例如，河南的红色经典《朝阳沟》创作于"大跃进"时期，其唱腔优美动听，人物形象塑造得真实自然，并且在传统戏的基础上对豫剧进行改革，创造了现代戏的成熟范式，从而成就了《朝阳沟》在现代戏中的重要地位。直到今天，《朝阳沟》仍以它所独有的艺术魅力活跃在戏剧舞台上。

因此，关注文本自身内在因素与价值，在经典再生产的过程中，有着独特的功能与意义。

（二）文本的历时性

现在要讨论的另一个问题是，如果一部作品具备了话语权力和文本自身两个条件，却如流星一样一闪而过，作为那一时代的流行物而存在，那么其能称得上经典吗？

刘勰在《文心雕龙·宗经》中对"经"的解释与之类似："经也者，恒久之至道，不刊之鸿教也。"经典在这里体现了一种超越时间限制的规范与基本价值，随时作为当前有意义的事物存在着。伽达默尔认为，经典"没有时间性"，因为它"在不断与人们的联系之中"现身，使过去与现在融合，使不同时代的人们都能感受到它的思想和艺术魅力。

一部经典之所以能跨越时空，对后人有历时性的影响，是因为它坚守"文学是人学"的原则，具有丰厚的人生意蕴，描绘人的心理、情感、精神成长的历程，表现人性的方方面面，既有人性真善美的一面，也有人性假恶丑的一面，使不同时代背景下的人们都能够感受心灵的脉动。只有这样的经典才不会过时，不会躺在尘埃里勉强接受后人的拜祭。就像老舍对老北京市井社会和市民性格的生动描写，张爱玲对20世纪30—40年代大上海十里洋场没落贵族家庭的病态人生和病态心理的艺术刻画，也像沈从文所言："我只想造希腊小庙。选山地做基础，用坚硬石头堆砌它。精致，结实，匀称，形体虽小而不纤巧，是我理想的建筑。这神庙供奉的是'人性'。"虽然时间流逝，这些作品仍使我们爱不释手。无论是美国海明威的《永别了，武器》《丧钟为谁敲响》，还是苏联肖霍洛夫的《静静的顿河》，都会让我们跨越民族和时空之隔，与战争中的人们共喜共悲，诅咒那万恶的战争，得到精神上的愉悦。

笔者初步探讨了文学的"经典构成"要素，但这几个要素并不能将个性化色彩非常鲜明的各类经典作品完全对号入座，文学作品自身的丰富性要求我们不能对任何经典作品进行模式化研究。经典化的研究只能因文本而异，在多元开放的现代文学研究领域中追求研究主体对经典文本的特殊性认识。

拓展学习：

1. 〔荷〕D. 佛克马，E. 蚁布思. 文学研究与文化参与 [M]. 俞国强，译. 北京：北京大学出版社，1997.

2. 〔法〕米歇尔·福柯. 规训与惩罚 [M]. 刘北成，杨远婴，译. 北京：生活·读书·新知三联书店，2001.

3. 〔法〕米歇尔·福柯. 疯癫与文明 [M]. 刘北成，杨远婴，译. 北京：生活·读书·新知三联书店，2003.

4. 〔美〕哈罗德·布鲁姆. 影响的焦虑 [M]. 徐文博，译. 北京：生活·读书·新知三联书店，1989.

5. 伊塔马·埃文-佐哈尔. 多元系统论 [J]. 中国翻译，2002（4）.

6. 陶东风. 文学经典与文化权力（上）——文化研究视野中的文学经典问题 [J]. 中国比较文学，2004（3）.

7. 林凌. 二十世纪抗战文学为什么没有经典作品 [J]. 中国文学研究，2001（4）.

8. 刘勰. 文心雕龙注释 [M]. 周振甫，注. 北京：人民文学出版社，1981.

9. 沈从文. 沈从文文集：第11卷 [M]. 广州：花城出版社，1982.

10. 王宁. 文学经典的构成与重铸 [J]. 当代外国文学，2002（3）.

11. 杨厚均. 经典化，一种姿态 [J]. 武汉科技大学学报（社会科学版），2003（1）.

二、红色经典《朝阳沟》的经典化与去经典化①

（一）绪论

红色经典《朝阳沟》是一部豫剧现代戏，自1958年问世以来，至今仍活跃在戏剧舞台上，出现在各种晚会及电台节目中。2001年河南豫剧院三团启用新一代演员，对《朝阳沟》重新复排，进京入沪公演，仍引起轰动。这样一部几乎伴随新中国一起成长的红色经典，历经飘摇岁月，对其进行经典化与去经典化研究具有独特的学术意义。

纵观历史上对《朝阳沟》进行研究和评论的文章，可谓层出不穷，但多停留在政治或艺术层面上对单个剧本的分析研究。如：①刘厚生的《当代戏曲史上的特异存在——〈朝阳沟〉》（《中国戏剧》，2001年第8期）；②许欣的《〈朝阳沟〉——春雨秋风四十年》（《纵横》，2000年第10期）；③单纯刚的《〈朝阳沟〉中人物原型命运沉浮录》（新华网河南频道）；④许欣的《回忆豫剧〈朝阳沟〉的创作与演出》（《文史精华》，1999年第3期）；⑤王基笑的《朝阳沟好地方——豫剧唱腔116首解析》（人民音乐出版社，1999年版）；等等。对《朝阳沟》进行纵向方面的研究只有一篇，即李少咏的《〈朝阳沟〉与河南地方戏》（《周口师范学院学报》，2005年第1期），但这篇文章阐述更多的只是《朝阳沟》在豫剧发展史中的独特地位，没有进一步对《朝阳沟》做文化方面的研究。

笔者拟在前人研究成果的基础上，利用河南图书馆及艺术馆的历史资料，对还健在的老一代艺术家进行采访，到创演《朝阳沟》的河南豫剧院三团进行实地探访，运用获得的相关资料加深对《朝阳沟》的认识，并大量

---

① 此部分为本书作者硕士学位论文《红色经典〈朝阳沟〉的经典化与去经典化》，中国知网上可查询。

阅读、欣赏戏曲理论和影像作品，以期提高艺术审美能力，力求对该剧做更深入的研究。

本章将结合中国的现实，对《朝阳沟》做动态的文化研究，以具体文本展示出红色经典在中国的形成及其在新语境下的解构。

（二）红色经典《朝阳沟》的生产

1. 红色经典的界定及构成

"红色经典"一词不断地出现在当下各大媒体上。"红色"无疑加强了经典的意识形态性，作为中华民族的传统色彩，融入了中国人的民族情感，成为中华民族的生命色彩，也是中国人的精神象征，在中国现当代史的语境中，承载着厚重的历史文化，传递着革命精神。与"红色"组合而成的词语有"红色歌曲""红色江山""红色政权""红色景点"等。

在现当代文学的学术研究引入了文化研究后，学术界开始从权力的角度理解文化研究视野中的文学经典问题，文化研究的经典理论因此带有极浓的政治色彩。经典前加上"红色"二字，更强化了文学经典的政治色彩。在有些自由主义倾向的美学理论家那里，"红色经典"的艺术价值是值得怀疑的。他们常常把"经典"非权力化或去权力化，即认为经典是人类普遍而超越的非功利审美价值与道德价值的体现，是人类最优秀的文化成果的结晶；特定时期的"红色经典"因为灌注了太多权力因素，而不具备这种经典的流传价值。实际上，在20世纪80年代"重写文学史"的运动中，已经有不少崇尚"纯文学"立场、启蒙思想比较强烈的文学理论家，对"红色作品"的经典地位提出了挑战。比如对"红色经典"《创业史》《红旗谱》《太阳照在桑干河上》等诸多革命作品有了学术争鸣。

在文艺作品的范围内，"红色经典"一词的内涵与外延差异甚大。官方的界定见于2004年5月25日国家广电总局向各省、自治区、直辖市广播影视局（厅），中央电视台、中国教育电视台、解放军总政宣传部艺术局、中直有关制作单位发出的《关于"红色经典"改编电视剧审查管理的通知》，在通知中，"红色经典"这个词用括号注明："即曾在全国引起较大反响的革命历史题材文学名著。"

从狭义上说，"红色经典"涵盖的范围比较小，只限于文学作品，且主要是新中国成立后创作并出版的描写革命历史题材的小说，不包括外国作品，甚至不包括现代文学史上的革命文学作品。在新中国的文学史上，"红色文学经典"有10部，即所谓"三红一创，山青保林"——《红岩》《红日》《红旗谱》《创业史》《山乡巨变》《青春之歌》《保卫延安》《林海雪原》，它们与20世纪40年代的《太阳照在桑干河上》、五六十年代的《上海的早晨》构成了"红色文学经典"，表现了中国共产党在成长壮大的历史中方方面面的社会生活。

把"红色经典"的范围稍稍扩大，"红色经典"既包括20世纪50年代到70年代中期那些红极一时的中国作品，也包括斯大林时代被钦定为"经典"的苏联文学作品，如《青年近卫军》《钢铁是怎样炼成的》。

更大的"红色经典"概念则把范围扩大到所有的艺术类别，如绘画、雕塑、音乐与舞蹈，以及无产阶级革命家的传记文学等等。如中国新闻网上的《伟人传记领袖题材销量攀高　红色经典映照7月书架》一文把所有纪念邓小平100周年诞辰的纪念书籍或其他出版物，以及其他无产阶级革命家的传记等都称为"红色经典"。就文学作品来讲，《平原枪声》《暴风骤雨》《吕梁英雄传》《新儿女英雄传》等也被称为"红色经典系列"。

还有走得更远的观点："红色经典"不只是20世纪五六十年代的作品，还应包括现代文学史上一般被认为是启蒙主义思想家（如鲁迅）的作品。"鲁迅的作品一般不冠以红色经典，因为他的作品大多数创作于旧中国二三十年代，但如果宽泛一点，也可以把他的作品包含进红色经典中去。"[1] 这样一来"红色经典"不但在范围上说不清楚，而且连内涵也搞不清楚了。

现在我们基本达成共识，"红色经典"是指以中国共产党领导下的全国人民的国内革命战争和民族解放战争为题材的一批文学艺术作品，包括小说、诗歌、散文、戏剧、电影、音乐、舞蹈、美术、摄影等方面的作品。

红色经典无疑突出了政治权力是文本经典构成的重要因素，但其毕竟还存在着艺术形式的生存空间，只是更多出了特殊背景下的中国特色的经典生成与解构。作为在中国历史上行之数十年的红色经典《朝阳沟》，文本自身的艺术魅力自是不可低估的。本章拟从《朝阳沟》的生产、传播、影响力及文本自身等方面结合文化理论研究《朝阳沟》的经典化，以及红色经典在当下后现代语境中的新变化。

2. 经典与权力话语

20世纪80年代初，当人们逐渐摆脱了"政治决定一切"的标准，文学经典化开始成为学术界思考的一个问题。20世纪80年代后期，学术界提出了"重写文学史"的口号，其中蕴含着经典化的诉求。90年代初，王一川在《二十世纪中国文学大师文库·小说卷》中重排文学大师座次，打破了原有的中国现代文学史上"鲁、郭、茅、巴、老、曹"的格局，形成了"鲁迅、沈从文、巴金、金庸、老舍、郁达夫、王蒙、张爱玲、贾平凹"新的排列顺序，原本享有盛名的小说家茅盾落选。在世纪之交，以经典化为主要内容，港台地区开展了文学经典的评选活动，出现了多种不同的文学经典排序。台湾《联合报》评出"台湾文学经典30种"等。香港《亚洲周刊》更组织全球知名华人专家、作家，评选出"20世纪中文小说100强"。2005年，众多学术名人与相关文艺理论家在北京师范大学举行关于经典问题的一系列学术讨论，对于经典的标准、何谓经典、谁之经典等问题，众多学者见仁见智。

何谓文学经典？是作品本身具有构成经典的基本品格吗？那为什么《水浒传》在元末出现时，难登文学的大雅之堂，而在600年后却成为经典？西方莎士比亚戏剧的价值得到公众承认，也是在他逝世几百年之后。可见，构成一部传世经典不是只由文学本体这个唯一因素来决定，不是它本身自动地促使其成为经典，其背后肯定还蕴含着其他因素。佐哈尔在

《多元系统论》的注释中更加明确地说,"经典化(canonized)清楚地强调,经典地位是某种行动或者活动作用于某种材料的结果,而不是该种材料'本身'与生俱来的性质"。也就是说,文本的文学地位更多地取决于社会文化的因素。

将经典问题和话语权力联系在一起来探讨经典的产生有一定合理性。在先秦之时,百家争鸣,各家皆有"经",而所谓"经"不过是一种简册而已,并不带有后世的权威性、神圣性、规范性。到了汉武帝时期,"罢黜百家,独尊儒术",从而开始了儒家经学中心主义话语权力的统治。把《诗》《书》《礼》《易》《春秋》定为"五经",设"五经博士"。这样,孔子使用的五种教材,就在政治权力的介入下,具有了权威性、神圣性、规范性,成为今天意义上的"经典"。

一部经典背后既然与政治权力乃至其他权力形式相关,那么也可以说经典是各种权力聚集、争夺的力场。

中国的新文化运动就是一场隐藏于政治权力下的话语权的激烈争夺。钱玄同和刘半农在《新青年》上演的双簧戏也无非是为了巩固其自我话语权。《学衡》杂志对《尝试集》的批评实际上使其成为建构主导意识形态、争夺话语权和文学规范合法性的论争场所。新旧文化的斗争最终以新文化的胜利而告终,"五四"文学志士以摧枯拉朽之势打碎了旧的文学经典,从而确立了自己的文学经典。

一部文学作品在成为经典的过程中,也需要与主导话语权的部门相互妥协,从而取得合法地位。如在1997年年终,第四届"茅盾文学奖"出乎意外地把奖项颁给了《白鹿原》的"修订本",而不是原初版本。其中的一个重要原因是对原初作品中关于"翻鏊子"的一些见解存在争议。陈忠实后来进行了修订。从这一事件中不难看出主导话语权的部门在其中所起的作用,这势必会在《白鹿原》经典化的历史长河中留下印迹。

3.《朝阳沟》的诞生

用福柯的话来说,重要的不是话语讲述的时代,而是讲述话语的时代。

经典离不开权力机构的介入，红色经典更是政治色彩鲜明。当讨论什么是红色经典的时候，我们首先要问的问题就是：它是怎样成为红色经典的？也就是说，是什么样的力量、因素使得它成为一部红色经典？这里其实不只有一个时间的因素，也不仅是所谓的红色经典自身的魅力。如果提到红色经典的标准，那么还要进一步追问：这种标准是谁制定的？红色经典具有一定的权威性，那么我们要追问的就是：这种权威性是从哪儿来的？是不是所有的红色经典作品从它诞生的那一时刻起就具有了权威性？如果不是，那么它成为经典的过程是怎么样的？这个过程里有什么样的力量参与了博弈？

河南的红色经典《朝阳沟》写于1958年春。它是怎么产生的？是作家纯粹的个人创作还是在当时的文艺生产机制下"机械化"生产出来的？当时的文艺生产机制是什么？为什么要进行这样的生产？为什么能进行这样的生产？这些作品的发表、传播渠道是什么？读者群又是由哪些人组成的？对这一系列问题的探讨，有助于我们理解一部具有中国特色的红色经典是如何被经典化的。

在社会主义建设初期，文学作品承担着过多的政治任务，需要参与构建国家的意识形态，创建国家的主流话语。《朝阳沟》的出炉无疑摆脱不了当时政治环境的影响，文学创作也要接受当时国家政策的指导。

1955年，毛泽东了解到郏县知青工作经验后批示：一切可以到农村中去工作的这样的知识分子，应当高兴地到那里去……在那里是可以大有作为的。具有政治敏感性的剧作家杨兰春领悟到了这个信息，于1958年春创作出现代戏《朝阳沟》，全面革新豫剧传统艺术遗产，及时反映知识青年下乡参加生产劳动、建设新农村的新气象。该剧既富有崭新的艺术魅力，又有积极、强烈的现实意义，正所谓"货卖当时"。因此，直到"文革"开始前的几年间，它都受到戏剧界同行和各阶层群众热烈称道、欢迎。

《朝阳沟》创作于1958年春天，而此时中国的政治环境就已悄然发生变化。戏剧界的反应非常迅速，中国戏剧家协会在6月23日和7月1日两次召开座谈会，对吴祖光展开批判。随着反右派斗争的进一步开展，在戏剧政策方面也出现了明显的调整。戏剧界的代表人物们首先联名提出"不演坏戏"。对演出剧目的选择也被赋予了特殊的意义：是遵照一般观众的要求（也即从"小市民趣味"、卖座、演员收入方面着想），还是考虑如何"适合国家和人民的需要"？

20世纪50年代，戏剧领域乃至其他文化艺术领域经过一个时期的社会主义改造，尤其是各地相当一部分民间职业剧团大量改制为国营剧团以后，政府对剧团演出剧目的控制能力大大加强了，使剧团能够随时根据各级领导人的好恶而改变行为方式。尤其是随着戏剧界相继开展反右派斗争，民间职业剧团内也普遍开展"整风"，要求民间职业剧团经过"整风"之后能"保证剧团在党的领导下走社会主义道路"，加强了政府对戏剧界的影响力和控制力。

在1957年那样一个泛政治化的社会环境里，戏剧的演出和创作不可能脱离政治的影响，在这一年发动的反右派斗争严重扩大化，对戏剧界带来相当大的冲击，各地都有一些知名戏剧编导和演员被划成"右派"。

经过反右派斗争之后，文化部不得不迅速改变前两年积极鼓励剧团挖掘和继承传统剧目这种显然侧重于开放的方针，改而要求各省份将戏剧工作的重心转到大力繁荣新剧目创作上来。1958年，文化部专门为此下发的通知指出：

> 我国社会主义革命和社会主义建设已取得决定性的伟大胜利，在党和政府的领导下，六亿人民正以排山倒海的革命气概，乘风破浪，兴起了一个新的波澜壮阔的生产建设高潮；现在，全国处处是生产大跃进的壮丽图景，每时每刻都出现新人新事，新道德、新风尚正在广大人民群众中生根、成长。伟大的社会主义革命和社会主义建设高潮正在要求出现一个与自己相适应的规模宏伟的社会主义文化高潮。艺术界必须反映这一伟大时代的现实，必须立即奋起直追，整饬和壮大队伍，鼓起十二万分的革命干劲，大量创作为广大工农群众所需要与喜爱的多种多样的艺术作品，大力开展深入工农群众的艺术演出以及美术展览活动。广泛地开展群众性的业余的文艺普及工作，并在广泛普及的基础上使艺术创作的思想性与艺术性大大提高一步，有力地为社会主义服务……

> 现在急需创作反映我国当前的和近十年来的伟大变革、歌颂我国伟大社会主义建设者的英雄业绩的艺术作品，如反映关于社会主义工业化、农业合作化、手工业合作化、资本主义工商业的社会主义改造、实现农业发展纲要四十条、民族团结、经济建设、国防建设、科学文教建设、抗美援朝、历次政治运动等各方面的生活和斗争，人民群众的新的道德品质和新社会风气；关于我国人民与各国人民的和平友谊、东风压倒西风的国际形势和我国十五年赶上英国的豪迈气概的作品……[2]

在这样的社会背景下，《朝阳沟》在某种程度上也可以说是应景之作，剧作者创作这部戏首先是为了完成上级部门分派的任务。当时负责戏剧工作的河南省文化局副局长冯纪汉找到杨兰春，半玩笑半认真地要他在一个礼拜内拿出一部现代戏，而且要立在舞台上，以便在全省文化局长会议上演出。这一现在看来似乎荒唐的指令在当时是十分正常的。因为那是在"大跃进"的1958年，一个剧团在一夜之间就可能"跃进"出几十个剧本。

杨兰春与豫剧院三团的编导演们用七天半时间创作出日后成为红色经典的《朝阳沟》，该剧和《龙须沟》一起留在了文学史上，成为戏剧文学史上的神话。

一部优秀的文艺作品并不是凭空而生的。杨兰春看到当时成千上万的城市知识青年上山下乡，有感而发，运用多年的生活积累，以1957年人们在登封县曹村抗旱浇麦的生活素材为基础，构思了一个《朝阳沟》的大纲，随后进入创作状态。

《朝阳沟》的出炉也是别具一格。当时的编导演们采用的是"流水作业法"，即杨兰春写一场，导演排一场。剧本写了五天，导演排了两天半。写《朝阳沟》时，第一、二、三、四场有草稿，第五、六场只有唱词，第七、八场因时间太紧来不及写草稿。杨兰春就这边写着，那边叫王基笑、姜宏轩配曲，演员学唱。排练场安排在河南人民剧院二楼前厅。河南豫剧院三团业务副团长、导演许欣负责初排，杨兰春写好一场戏再去重点加工排练。到了后几场，先是用录音机把杨兰春编的唱词录下来，后来录音也来不及了，就随手拿个纸烟盒，想出两句就写出来发给演员学。在最后一场排练中,杨兰春干脆直接来到排练场口述台词,要求演员们当场记下来。就这样,经过七天七夜的努力,戏剧《朝阳沟》终于诞生了。

1958年3月20日,《朝阳沟》在郑州北下街河南剧院(今已拆除)首场演出,参加全省文化局长会议的同志都来看这出"跃进戏"。开演前,冯纪汉副局长先简单地介绍了剧情和编排经过,人们还有点儿不相信。戏要开演了,杨兰春说:"等等,还有四句合唱的词没想好哩!"冯纪汉到大幕前说:"同志们,稍等一会儿,还有四句合唱的词没想好哩!"观众们哄的一声都笑了。杨兰春赶紧编了四句词,就是:"老风俗旧习惯年年改进,年年改月月换日月更新。有文化能劳动情通理顺,要当成传家宝传给儿孙。"杨兰春说:"不用作曲了,就用豫剧的'迎风板',演员们都会唱。"冯纪汉问:"开幕吧?"杨兰春说:"戏还没有名字哩!"冯纪汉只得又到幕前说:"再等一等,戏还没有名字哩!"台下又是一阵笑声。杨兰春想:登封曹村的山坡上有个朝阳寺,那一带的地理环境都是丘陵山沟,剧名就叫《朝阳沟》吧![3]

(《朝阳沟》剧照)

1958年的"大跃进"导致各地创作出无以数计的新剧目,这些新剧目中,绝大多数都是毫无艺术性的。然而,并不是所有新剧目都不值一提,对于戏剧创作而言,创作所耗费的时间多寡,在许多场合并不是决定性的要素。"大跃进"期间出现的所有剧目中,有一部重要剧目经历了时间的考验,那就是杨兰春创作的豫剧《朝阳沟》。

4.《朝阳沟》经典剧本的形成

从《朝阳沟》的创作完成到成为一部出色的红色经典，这其中的过程是不平凡的。剧本经历了多次的修改，甚至在不同时期，连国家领导人也提供了修改意见，使它越来越符合社会主义建设时期的意识形态，同时也可从其修改过程中洞察中国的政治风云变幻。

从当时《朝阳沟》的剧本看，有的地方不合乎逻辑，显得很粗糙。现在人们所熟悉的电影剧本和舞台剧本是在后来的演出实践中不断修改完善的。

1958年4月，周恩来总理到河南看了豫剧《朝阳沟》后，认为这是一部好戏，如果到北京演出，一定会受欢迎。遵照总理指示，三团编导对《朝阳沟》反复进行了加工、修改。

周恩来对《朝阳沟》的肯定，对日后该剧走向北京乃至全国至关重要。这部戏剧之所以能引起周恩来的重视，离不开当时的时代背景：农村正值"大跃进"高峰，政府需要鼓励城镇居民支持农村建设，提倡知识青年下乡支援农村发展，加之当时对现代戏题材的提倡，所以《朝阳沟》后来能进京演出。

1963年春，上级决定由长春电影制片厂把舞台戏《朝阳沟》拍成戏曲艺术片。在杨兰春修改剧本时，时任中共河南省委宣传部副部长于大申找到杨，主张在"亲家母对唱"中给演二大娘的马琳加几句唱。杨兰春认为不行，那不是唱的地方。于大申还是坚持让杨试试看。杨看老部长比较了解戏曲，经过构思，加了四句二大娘的唱，巧真、银环也各加了一句唱。这样就形成了当下广为流传的"亲家母对唱"段子，从而使演员的表演更加鲜活了。

三团又根据电影文学剧本和导演分镜头本的需要，对剧本进行了修改和排练，提高了艺术质量。长春电影制片厂领导亚马、苏云、林杉等对《朝阳沟》拍摄工作非常重视，曾多次召开会议进行讨论，并提出具体意见。1963年夏天，文化部副部长夏衍到长春电影制片厂视察，他看了全剧的连排后指示，要抓紧时间投入实拍，这个戏曲片一定很不错。但他认为结尾拉绳场面劳动强度太大，知识分子看了害怕，不利于思想改造，要修改一下。之后，《朝阳沟》的结尾改为摘苹果的劳动场景。

1963年12月31日晚，河南豫剧院三团在中南海怀仁堂为毛泽东等中央领导演出。1964年1月14日下午3时，在北京市艺术公司招待所二楼会议室，中央领导委托中宣部副部长林默涵向三团传达了毛泽东同志关于修改剧本的指示。林默涵说："毛主席看了戏后，很高兴，说这个戏很好；内容没有问题，表演都很好，并对艺术处理讲了一些意见，如银环妈前面的表演是否过了一些。这样的人生活中是有的，剧场效果也很好，不过和后面的转变结合不起来……银环妈的转变多是无可奈何的，不可能转变得那么快，那么好，不可能一下就搬到农村去参加劳动。当然，这是无关紧要的，主席说不改也可以，这不是政治问题，只是需要前后更呼应一些，更合情理一些。"会后，三团剧组认真学习、研讨了毛泽东主席的意见，对《朝阳沟》进行了修改。只是这种修改是细枝末节的修改，无法改变一个在城市以卖香烟为生的老太婆随独生女去农村的命运，无法掩盖个人在强大社会的压力下做出让步是出于无可奈何的这一事实。

由于毛泽东主席对《朝阳沟》的修改提出了一些建议，这个剧目如何修改就一直是河南戏剧界的一块心病。然而，这里也不得不提及"文革"中对《朝阳沟》的所谓"修改"。

随着1966年"文化大革命"拉开序幕，戏剧界不仅成为"文化革命"的先导，更成为"文化大革命"的中心之一。"文革"期间除了确立"样板戏"以外，已经有影响的现代题材剧目受到格外关照和重视，《朝阳沟》就是一个典型。

1966年"文革"开始后，该剧作者杨兰春已被管制，关押在特定场所，但是有关《朝阳沟》的修改仍然不得不以他为中心进行，这个漫长的修改过程从1966年以前就已经开始。

在豫剧院三团为亚非作家会议的代表演出《朝阳沟》之前，有人建议这次演出应该加上一段毛主席语录，解决剧中人物王银环的思想改造问题。杨兰春认为不妥。

1969年8月23日，江青提出对《朝阳沟》进行修改，认为该剧存在需要改进的地方，并要求创作小组端正立场，对人物和剧情进行调整。她建议将女主角改为次要角色，强化男主角的英雄形象，并增加贫农父母的戏份，同时调改造创作者的思想认识，以符合特定的文艺创作方向。

　　就这样，原《朝阳沟》被禁演，成立了河南省革命委员会直接领导下的《朝阳沟》创作组，根据江青的"指示"制定修改方案。修改方案以拴保为主角，并把他塑造成一个"高、大、全"的英雄，名字也改为高山宝；被江青判定为"中间人物"的银环退居次角，改名为云环。一稿设置的中心事件是治山治水，二稿改为办养猪场，三稿改为不法地主破坏知识青年上山下乡。

　　在修改期间，为了寻找修改方案中需要的事件，创作组人员全体出动，几次到农村采访。按江青指定的路子修改后，贯穿全剧的几个主要人物发生改变，特别是银环由主角变成次角，故事情节随之大变，原来的《朝阳沟》已面目全非，不看字幕上写的剧名是《朝阳沟》，大家还以为是另外一个新戏。

　　修改稿一次次被拿出来，每次剧本修改都会增加许多政治内容，演员们一旦说错戏词就可能被认为是政治问题。饰演银环的魏云由于长期精神紧张，30多岁就患上了高血压，后因病情加剧，提前退休。每当修改稿过不了关就得整风学习，检讨对江青的"指示"领会不深刻的思想根源；另外还要观看《朝阳沟》电影，以便重新发现原《朝阳沟》中的"错误"，肃清"中间人物的流毒"。为了帮助大家提高"觉悟"，剧组不但邀请了一批观众同创作组人员一起看，放映前还要先宣布纪律：要端正立场，带着无产阶级感情，把原本作为批判片来看待，不要鼓掌。但影片演到精彩场面时，场内仍然掌声不断。

　　在三稿以后的修改中，创作组的人员又根据大改、小改、重写三种想法，写了三种修改本，选了三个剧团试演，但也都被一一否定。此后又改过多遍，仍然过不了关，领导只好发动各地区创作组都来参与修改。参与修改《朝阳沟》的作者达百余人，先后拿出了十一个修改稿，到舞台上试演了七次……直到"四人帮"垮台，长达数年的《朝阳沟》"修改"才告终止。

在新时期,作为社会主义建设前期的文艺经典作品,跨越时空的《朝阳沟》依然作为现代戏的保留节目,在传统的重要节日里上演。2001年3月《朝阳沟》重新复排演出。剧本根据时代的变化,改掉了一些"大跃进"时期的用语,使它在新世纪舞台上更易被观众接受。

5.《朝阳沟》的理想化情结

豫剧《朝阳沟》是河南省于1958年推出的一部现代戏剧目,该剧描写了城市姑娘银环嫁给农村小伙拴保的故事,放置在当时的主流文化背景下,结合后来如火如荼的上山下乡运动,具有一定的政治教育意义。经过数十年的传演,该剧依然活跃在河南豫剧舞台上,现在再重新阅读,倒能穿越历史的迷雾,获得较客观的认识。

《朝阳沟》并不是一部容易阅读的文本。它是一部农村题材的戏剧作品,但又不是纯粹意义上的农村题材,因为构成作品戏剧性的是知识青年银环和她的城市居民母亲及其与农村青年拴保和他的村人之间的冲突。从剧情与人物角度看,中国农村要进行现代化改造,确实需要有文化的青年人。像银环这样一个在城里长大的中学生,当真正面对农活时,还是会有个学习的过程,农民自然也有知识分子所没有的专门知识与技能。银环的母亲是个城市小市民,身上也确实有许多令人发笑的弱点。这样一些个别的事实与判断都是能够成立的,然而当它们被有意地聚集到一起构成一部作品时,就容易引出这样一个结论:城市以及由城市凝聚在一起的知识和工业化大生产,其具有的推动现代社会发展的高效率不见了,仿佛城市以及市民、知识分子是农村、农民身上的一种累赘。农民兄弟可以理直气壮地对知识青年进行说教,改造他们身上所带有的小资弱点,深刻体现出1958年的中国农民兄弟不仅在人数上占据绝大多数的优势,而且在社会意识形态方面也有相当强大的力量。若干年以后,政府在倡导知识青年上山下乡以解决城市的就业压力时,就以城市知青的第一人称视角提出这样的号召:我们也有两只手,不在城里吃闲饭。《朝阳沟》以农民的视角和立足点看待人生不同价值的选择,以农民身份优越于城市人(市民)的自豪感,在某种程度上表现了一种农民兄弟的理想化情结,这也为《朝阳沟》在当时六亿人口、五亿农民的中国广为流传提供了一种心理依据,至今还能引起很多人精神上的共鸣。

《朝阳沟》中蕴含着作者的理想化情结。对乡村生活的憧憬,一直是中国文化血脉里一个浪漫而又执着的"母题",尽管从现实上看,准确地说,这种浪漫应该是不事农桑的城市文人想象中的浪漫,对于真正的农村人而言,可能是完全不相干的两码事。但是,这并不妨碍我们把这种浪漫扩大化。从古代那些失意文人开始,乡村生活被赋予"世外桃源"或高洁文人的"田园居所",陶渊明有诗云"采菊东篱下,悠然见南山"。这种对乡村生活的美化延续到《朝阳沟》,"清凌凌一股水春夏不断,往上看通到跌水岩,好像是珍珠倒卷帘。……桃树梨树苹果树左右成行,花红梨果像蒜瓣把树枝压弯。油菜花随风摆蝴蝶飞舞,麦苗儿绿油油好像绒毡。朝阳沟好地方名不虚传"。正如拴保娘所说"棉花白,白生生,萝卜青,青凌凌……"一种农村生活的幸福感洋溢心头,大有城里人不来农村生活实乃遗憾之意。

对于农村生活方式而言,理论上没有什么好与不好,但一旦落脚到生活实际,立刻就显出高下之分。起码从中国看,农民的艰辛从历史到现实,一直就没有停过;所谓农村生活的幸福和浪漫,从过去到现在,也一直只是文人笔下的幸福和浪漫。

银环进山时,限制农民流动的严密机制业已形成。农村是当时缓解城市就业压力的出口。被认定为农业人口的拴保没有一点选择的权利,理想、文化都改变不了他在山沟讨生活的命运。可"非农"的银环,舍弃城里的户口、粮本、就业等"天然优势",那分明是"往火坑里跳"。在当时,城乡二元对立的相关制度人为地把市民与农民相区别,将城市与乡村隔离。如户籍制度、住宅制度、粮食制度、副食品和燃料供给制度、教育制度、医疗制度、婚姻制度、养老保险制度、劳动保护制度,还有起着"保障"作用的收容遣返制度等。由其织就的"天罗地网"控制了所有人的基本权利与生存条件,常人欲突破这种"制度壁垒",实现居住、婚姻、发展的个人理想,那是痴心妄想。

一部反映现实生活、展现时代精神的作品，应该是尊重、符合社会现实与社会心理的，然而高扬革命浪漫主义精神的《朝阳沟》与现实不符，勾画的是体现文人理想的一幅生活图景与爱情故事，同时也为广大农民谱就了一部百看不厌的灰姑娘式的"农民童话"剧。山沟沟里的农村娃带回来了城里的金凤凰，真让骨子里世代自卑的农村人扬眉吐气，足以让方圆几里的庄稼人说不尽道不完。银环，一位被派遣来慰藉农民的"天使"，一位最有农民缘的"大众情人"，她是亿万个"董永"的"七仙女"。她的妈妈，则象征着无可奈何的"老天爷"。尽管银环意志不够坚定，但毕竟情有可原；尽管她家孤女寡母无职业，但毕竟她是有文化的城里人；尽管未婚在婆家居住有违礼教，但她一改多数城里人的"势利眼"，其"以身相许"的实际行动反击了对农民的歧视与漠视，证明忠贞的爱情和坚挺的道义都在农民一边。因此，当拴保叫出"银环同志"，搬出刘胡兰、董存瑞，用政治砝码平衡爱情天平时，农民兄弟只觉得天经地义。

越是痛苦，就越需要慰藉；越是不自信，就越欢迎外来的肯定；越是现实中被歧视，就越想获得精神上的胜利。现实中所缺少的，最需要精神上的补偿。"灰姑娘"的原型在全世界文学作品中都有所表现，乃至一个时期充斥屏幕的韩剧虽然也多是雷同的格林童话，但年轻的女性仍"百看不厌"。

表现理想主义的文学作品自古有之，同时对理想的表达也恰恰体现了现实中的缺乏。豫剧《花打朝》里原本现实生活中地位低下的小脚女人却把胡子拉碴的大老爷们打得稀里哗啦，男人成了受尽屈辱、人格依附的"小奴家"，在舞台上三胳膊两腿"旋"转了乾坤。女同胞看戏解气解恨过把瘾，爷们家乐得"雌威一振百媚生"。俄罗斯人看了《杨门女将》，说中国女人"可怕"，爷们打没了娘们拖儿带女接着上。蒙哥马利看着看着拂袖而去，留下一句：爱看女人挂帅的女人不是真正的女人，爱看女人挂帅的男人不是真正的男人。

《朝阳沟》是第一部反映知识青年下乡务农的文学作品，正面表现了农民兄弟相对城里人所具有的主人翁姿态，这恰是当时政府在大的国家形势下的总的引导，而现实生活中需要引导的也恰恰是生活中缺少的事情。该剧通过虚构的故事情节反映政府的愿景，同时也成为农民兄弟的理想追求！

（三）《朝阳沟》的传播

1. 1958年至"文革"前的传播

《朝阳沟》于1958年在郑州创演之后，开始了它的传播历程。

首先是下乡演出。因为当时政府反复强调城市剧团必须下乡演出，还具体规定了国家级剧团必须有1/3的时间下基层，省级剧团要有一半的时间到地市演出，地市级剧团则要有2/3的时间到县及县以下村镇演出，所以反映农村生活的《朝阳沟》先是在城里演了几场，之后全团同志就身背行李、肩扛服装道具，到太行山区演出了。剧团的人们白天和群众一起修水库，晚上联欢演出《朝阳沟》。此后，随着豫剧在全国多个省份的演出，《朝阳沟》也开始在各地大小城乡唱响。加之戏剧本身就是当时广大群众的主要娱乐方式，更何况现代戏还肩负着宣传国家政策的任务，下乡演出就成为主演现代戏的豫剧院三团之主要工作。

1958年4月13日，豫剧院三团接到中共河南省委的紧急通知：立即返郑，在省军区礼堂为周恩来总理等中央领导同志演出《朝阳沟》。周总理看过戏后说：这是个好戏，要到北京去演出，也一定会受到北京人民的欢迎。于是在1958年的夏天，《朝阳沟》应邀到北京参加了全国戏曲现代题材展演，受到了有关专家和广大观众的好评。《人民日报》及首都各大报纸都发表了评论文章，日本的《朝日新闻》也报道了演出的盛况，《参考消息》摘要转载了这一报道。自此，《朝阳沟》开始走进全国人民的视野中。

20世纪60年代初，山东省吕剧团在上海演出了《朝阳沟》，受到观众的热烈欢迎。长春电影制片厂导演曾未之先生观看演出后非常激动，决定把它拍成戏曲艺术片。1963年春，他专程跑到河南豫剧院三团，当时三团正在基层做巡回演出，他就随团行动，从城镇到农村，一连看了几十场

《朝阳沟》,发现群众非常喜欢。时值政府大力提倡现代戏,于是他决定把它搬上银幕。

1963年下半年,三团赴吉林长春电影制片厂拍摄电影《朝阳沟》。电影《朝阳沟》上映后,观众反响强烈,曾获得长春电影制片厂小百花优秀影片奖,杨兰春和高洁、魏云分别获编剧、表演优秀奖。从此,《朝阳沟》借助电影的新传媒力量又扩大了自己的影响范围。

1963年12月31日晚8时,《朝阳沟》剧组在北京中南海演出。毛泽东、刘少奇、朱德等中央领导同志,都到怀仁堂观看。演出结束后,毛泽东主席步上舞台,和演职员们一一握手,祝贺演出成功。次日,《人民日报》及全国各大报均在头版头条位置报道了毛主席带头看现代戏《朝阳沟》的消息,一时成为中央提倡现代戏的风向标。于是,全国人大常委会、国务院、全国政协、解放军各总部等单位,竞相组织专场观看,在北京掀起《朝阳沟》热。《人民日报》《光明日报》《戏剧报》等报刊先后发表长篇报道,介绍三团编演现代戏的经验。《朝阳沟》一时闻名国内外。

2.《朝阳沟》的传播条件

《朝阳沟》自1958年创演后,伴随着新中国的社会发展,开始走向全国大江南北,并被各地不同剧种移植。每当电影下乡放映时,各乡村群众都会起个大早,赶往放映地,几乎到了万人空巷的地步。它在全国范围内的广泛传播无疑促成了红色经典的形成。而一部现代戏《朝阳沟》在全国能得到如此大范围传播,也得益于当时的天时地利人和等诸多条件。

1)现代戏的特殊功用

讨论现代戏,首先应该对"现代戏"这个概念的含义有起码的了解。自打现代戏由幼稚走向成熟,它就逐渐形成了某种形式层面上约定俗成的规范。它的表演手法是生活化而不是程式化,至少不是完全程式化的。在人物造型上它也有不同于传统戏剧的特征,比如说,现代戏舞台上出现的人物都不以古装造型登场。当然,还有更多的内涵被附着于现代戏这个复杂的称呼之上，像音乐、舞台美术等方面的一些新的表现手法，都通过各自的途径丰富着现代戏这个概念。

而且，中国近代史上的现代戏并不完全是一个与传统剧目相对举的概念，也不完全是一个与历史剧相对举的概念，甚至相对于后来戏剧理论界提出的古装故事剧这个概念而言，它还包含更丰富的言外之意，即它具有特殊的政治功用性。

其实，从20世纪开始的戏曲现代戏运动就带有明显的政治功用性目的。那时正值帝国主义大举入侵、国弱民穷、民族民主革命风起云涌的社会转型期。以上海改良京剧和某些地方戏（如广东粤剧"志士班"等）为代表的现代戏，从一开始就同当时的社会改造和革命运动紧密相连，具有鲜明的思想进步性和艺术上的革新精神。对中国戏曲来说，这是不可避免的。戏剧家在自己的祖国危难之际心系祖国、勇于担当，是一种有责任感的体现。新中国成立以来，戏曲现代戏更是明确把"为人民服务，为社会主义服务"作为根本指导思想和政策核心。现代戏的繁荣兴旺离不开政治，现代戏的种种问题也大都由强调服务于国家总体发展大局而产生。

在新中国成立之后，对现代戏创作的提倡，其真正的意思并不是一般地提倡创作现代戏，不是要剧作家们调动一切艺术手段以表达自己所处现代社会生活中的真实感受，而实际上是在提倡某一种现代戏，即为历史进程中的胜利者歌功颂德的剧目，这在20世纪50年代的中国，使得承载着过多政治任务的现代戏在无形中具有特殊的政治功用性目的。现代戏作为一种艺术门类，其创作应该遵循必要的艺术规律，以群众喜闻乐见的形式影响民众，这样才能发挥更大的宣传作用。

从1958年到"文革"前的一段时间里，《朝阳沟》一直受到政府的提倡，显然是和它所具有的特殊的政治功用性分不开的。作为一种当时最普及的大众娱乐方式，以寓教于乐的方式把国家政策及时传达给群众，并很好地达到教育之目的，恐怕再没有比戏剧这种形式更让权力部门青睐的了。

2）社会人口大迁徙

《朝阳沟》主要讲述的就是城市女知识青年和她的母亲落户农村、献身农村建设的故事，这极为符合当时国家鼓励城镇居民去农村的政策。这部富含民间趣味的戏剧作品在细节上为20世纪60年代的人口大迁徙做了观念上的铺垫，它以其优美的唱腔和艺术魅力感染着广大人民群众。

1958—1959年在中国当代历史进程中是一个非常奇特的时期，为了"超英赶美"，全国上下掀起了"大炼钢铁"运动，就连北京人艺（北京人民艺术剧院）也盖起了小高炉。如此非理性的"大跃进"直接导致1960年以后各地陆续进入历史上罕见的严重经济困难时期。因为"大跃进"的荒唐，整个国家都为之付出了高昂的代价，出现了共和国历史上一次史无前例的人口大迁徙。在20世纪60年代初的几年时间里，有两千万已经端上"铁饭碗"的职工离开城市，离开他们的单位，回到家乡。这项涉及上千万个家庭、数千万人口的大迁徙，成功配合了共和国于非常时期采取的非常措施。

（1963年版电影《朝阳沟》中的银环与拴保）

1958年8月北戴河会议后，完成"生产1070万吨钢"成了压倒一切的任务，全党全民大办钢铁，时称"钢铁元帅升帐"。一时间，"机器到处响，工厂遍城乡"，似乎中国的工业化就在眼前了。"全民办工业"导致全国性的大招工，一些单位干脆在大小车站设立招工点，大批农民流入城市，工厂职工队伍迅速膨胀，从1957年底的3101万人增长到1958年底的5194万人。1958年冬，党中央开始发现，在"大跃进"和人民公社化运动中出现了不少问题，于是相继召开一系列会议，开始了庐山会议前半年多时间的纠"左"工作。在这个过程中，过高的指标被降了下来，基本建设规模被缩小，一些条件很差的企业被关闭。即使这样，职工人数还是明显超过了生产需要。在这种情况下，中共中央作出了1959年全年精减职工的决定，开始了"大跃进"以来的第一次大精减。

可是，精减职工的工作刚刚启动，便发生了庐山会议纠"左"到"反右倾"的转折，形势急转直下。"反右倾"不但使郑州会议以来所作的纠"左"努力付诸东流，而且加剧了"左"的错误，并赌气式地发动新一轮"大跃进"。伴随"反右倾、鼓干劲"的声浪，工农业生产指标不断加码，各种浮夸风再度泛滥，"钢铁元帅"层出不穷，城市和农村人民公社都大办工业，由此引发了新的大招工，职工队伍再度膨胀。到1960年底，全国职工人数达到了5969万人，比"大跃进"前的1957年翻了一番。

1960年的新一轮"大跃进"，非但没有实现工农业生产的真正跃进，反而恶化了1958年以来业已失调的国民经济比例关系，导致财政经济状况的严重困难。由于大量青壮年劳动力离开了农业生产第一线，非农业人口骤然增加，商品粮需求量急剧增长。1959年起，农村由于不停地刮"一平二调"的"共产风"，又使农民的生产积极性大受打击。农作物大面积歉收，粮食产量连年下降，共和国面临严峻的粮食危机。为了缓解粮食紧张状况，城镇居民粮食供应指标一减再减，"低指标、瓜菜代"的方针提了出来，许多地方还别出心裁地发明了各式各样的"增饭法"，小球藻成了高级营养品，"代食品"成为这个时期的特有名词。新一轮"大跃进"带来的不是国民经济的大发展，而是一场预想不到的大灾难。这时粮食告急，工业生产严重滑坡，经济形势险象环生，国民经济的调整问题不得不摆到桌面上来，并成为中央高层人士的共识。在1961年初的中共八届九中全会上，最终形成了"调整、巩固、充实、提高"的八字方针。与此同时，为了加强农业战线和工业战线，中共中央曾将精减机构作为以保粮、保钢为中心的增产节约运动的重要步骤，要求精减县社工业和其他各项事业，挤出一切劳动力充实田间生产。

当时，面对严峻的粮食危机，只有两条路可走：要么加大粮食征购量，继续控制农民的口粮；要么城市人口下乡，减少商品粮的供应。农民口粮此时已减至极限，加大粮食征购量已不可能。1961年5月，一向实事求是的陈云建议："只能走压缩城市人口这条路。"大规模的精减职工和压缩城市人口工作也就由此拉开了序幕。

然而，1961年国民经济调整虽然取得了一定成效，但党内对调整问题的认识仍然不一致，有人在等待新的"大跃进"，有人怕被人说成"右倾"而不敢大胆调整，也有人面对严重困难产生悲观情绪。为了总结经验、统一认识，中共中央召开了著名的"七千人大会"。会上，刘少奇在报告中将城市人口和职工人数增长过快列为1958年以来工作的主要失误之一，周恩来也在讲话中强调必须下最大决心精兵简政。紧接着，中央政治局常委在中南海西楼讨论经济形势，发现困难的程度比原来估计的还要严重，必须痛下决心对国民经济进行伤筋动骨的大手术，既要"拆庙"，也要"搬和尚"。中共中央由此出台了一系列有关精减职工和减少城镇人口的方针政策，并将之作为全党全民在非常时期的一项中心任务。

为了得到人民的理解与支持，中共中央发出了两份党内宣传提纲，检讨几年来工作中出现的失误，公开承认国民经济遇到了严重困难，向全国人民就为何要进行大规模的精减做了解释。就这样，"大跃进"以来进入城市的职工和他们的家属因被精减而回乡，此前来自农村的职工凡是能回乡的也都被动员回去，一些原本生活在城市的居民也下乡落户了。从1961年1月到1963年6月两年多的时间里，全国共有近2000万职工、2600万城镇人口被精减，他们中的绝大多数被动员回乡或下乡。

如此大规模的城市人口向农村迁徙，仅靠行政命令肯定是不行的，借助一部通俗易懂、饱含农民优越感的戏剧来达到潜移默化的政治宣教目的，不能不说《朝阳沟》的出现是恰逢其时。

3）领导人的提倡

在新中国的文化艺术事业发展方面，周恩来认为戏剧创作应该注重表现现代题材。然而，就戏剧领域实际实施的政策方针看，支持现代戏的发展早在20世纪40年代的延安就已经初露端倪，不过延安时期由官方主导的戏剧政策基本上局限于红色政权与军队本身的戏剧活动。伴随着全国新政权的成立，对戏剧进行全面的、制度性的改造才成为可能。周恩来作为国家领导人之一，他对现代戏的支持代表着国家权力部门的声音。

1958年4月13日，河南豫剧院三团为周恩来总理等中央领导同志演出《朝阳沟》。正是受到周恩来的首肯后，该剧才有了到首都演出的机会。随后，《朝阳沟》又应邀到北京参加了全国戏曲现代题材展演，受到了有关专家和广大观众的好评，《人民日报》及首都各大报纸都发表了评论文章。自此，《朝阳沟》开始在全国范围内传播。

1963年12月31日晚，河南豫剧院三团在中南海怀仁堂为毛泽东等中央领导人演出，据说原来定下的剧目是《玉堂春》，考虑到中央要提倡现代戏，临时改为演《朝阳沟》。因此，豫剧《朝阳沟》可能是毛泽东在观摩京剧现代剧目演出之前看过的极少几部现代题材剧目之一。演出结束后，毛泽东登台与各位演员握手，祝贺演出圆满成功。随后，毛泽东、刘少奇、朱德、彭真等中央领导和三团演职员一道合影留念。

第二天，《人民日报》及全国各大报均在头版头条位置刊登了毛主席观看演出和接见演员的消息、照片。中央提倡现代戏，毛主席带头看现代豫剧《朝阳沟》，当时在北京传为佳话。于是，全国人大常委会、国务院、全国政协、解放军各总部等单位，竞相组织专场观看，在北京掀起了"《朝阳沟》热"。《人民日报》《光明日报》《戏剧报》等报刊先后发表长篇报道，介绍三团编演现代戏的经验。《朝阳沟》一时闻名国内外，"要看现代戏还是三团的好"成为当时戏迷的口头禅。河南豫剧院三团收到了成千上万封观众来信，扮演银环的魏云一天就邮寄过40封回信。

第二年的春天，毛泽东又提出要看《朝阳沟》，豫剧院三团剧组人员专程在北京为毛泽东演出。

一部河南现代戏竟然得到毛泽东、周恩来两位党和国家领导人的大力支持，这对它走向全中国起到了重要的宣传推广作用。

4）名人效应——"豫剧皇后"常香玉出演《朝阳沟》

1965年春季，豫剧院三团在长春电影制片厂把《朝阳沟》拍成了电影。电影拍完后，他们回郑州路过北京时被文化部留了下来，原因是毛泽东同志提出想看看这出戏,还要常香玉也上场。河南省委和文化主管部门高度重视。豫剧院三团在北京等着,常香玉得到通知后连夜赶往北京。她从来没有演过这出戏,因此,在火车上学了一夜的唱词和唱腔,到了北京后在现场紧急排练。过去饰演拴保娘的高洁在排练场上亲自教授常香玉。戏剧于当晚演完之后,毛泽东等中央领导人上台接见了演员,且拉着常香玉和高洁并肩站在一起。《人民日报》《河南日报》《奔流·戏剧专刊》都发表了那天的消息和照片。《朝阳沟》再次借着领导人的关注与名人的出演而扬名全国。关于演员中途被换,在不了解当时内幕的人看来是常香玉"投机取巧",在给毛主席演出时,"窃取"了高洁的角色。这件事情过了四十多年后,在凤凰卫视采访曾任三团团长的许欣时仍被提起。

(常香玉(左)出演《朝阳沟》中的拴保娘)

作为一代"豫剧皇后",常香玉在少女时代便名满中原。尤其是1951年,常香玉剧社举行义演,为援朝志愿军捐献了一架"香玉剧社号"飞机,被誉为"爱国艺人",自此她个人也被赋予了红色性质。随着政治上的义举之影响,常香玉带领的豫剧事业也相应得到蓬勃发展,最早只在河南和鲁西、皖北一带流行的河南梆子(后改称豫剧),如今已发展成为全国五大戏剧剧种之一,全国许多省、自治区、直辖市都设立有专业豫剧团。

("人民艺术家——常香玉"纪念邮折)

1965年由她出演的现代戏《朝阳沟》也借着她的名人效应得到更广泛的传播。在她于2004年去世之后,为纪念这位德艺双馨的人民艺术家,河南省集邮公司和河南电视台梨园春栏目联合发行了"人民艺术家——常香玉"纪念邮折3000枚,其中就有《朝阳沟》经典剧照。《朝阳沟》这个名字也将随着这位德高望重的"常派"艺术家而流芳百世。

5)戏剧政策及其活动对现代戏的鼓励

《朝阳沟》作为一部现代戏,它在中国大范围的传播,还得力于当时政府在戏剧政策上对现代戏的鼓励,演不演现代戏,甚至和是否"革命"相联系。

(1)戏曲表现现代生活座谈会。

20世纪50年代末,文化部举行一系列有关现代戏创作的活动,下发多个文件,说明戏剧作品的题材已经成为政府文化管理部门关注的焦点之一;而推动现代题材剧目创作并非始于此时,它是从延安时期开始的一个漫长过程。现代戏有很强的时代感,在当时一般是要配合政治任务或者完成文化部门交给的任务,起到宣传党的政策的作用。一些现代戏新作受到"四不像""话剧加唱"等批评,剧作者、演员和导演多数都丧失了对现代戏的兴趣,现代戏的发展也曾遇到低潮期。在反右派斗争之后戏剧界开展的"大跃进"运动中,现代戏的创作又重新受到普遍鼓励。

对于1958年的戏剧界而言，推动戏剧创作是有其特定含义的，它并不是指一般意义上的剧目创作，在更多的场合是指符合社会主流意识形态要求的剧目创作。在狂热的"大跃进"运动中，绝大多数针对当时现实的政治任务创作的剧本都因质量低劣而无法上演，当一部现代戏的成熟作品《朝阳沟》产生后，文化部门当然要将其作为典范广为推介。现代戏所具有的政治意义促使文化部门对现代题材剧目创作一直持鼓励支持的态度，现代戏的重要性不断得到强化。

1958年6—7月，文化部召开全国戏曲表现现代生活座谈会，提出"以现代剧目为纲"的口号，并要求戏曲工作者和各省份文化局（厅）领导"苦战三年，争取在大多数的剧种和剧团的剧目中，现代剧目的比例分别达到20%至50%"[4]。当新华社8月6日发表了题为《以现代剧目为纲——戏曲表现现代生活座谈会确定戏曲工作方针》的新闻稿以后，"以现代剧目为纲"就实际取代了"两条腿走路"。把现代戏强调到绝对的地位，追求不切实际的高指标，甚至有的剧团打算不演传统戏而百分之百地演现代戏，这样就加重了创作中粗制滥造的倾向，大批艺术水平低下的现代戏充斥舞台，引起观众的不满和头脑稍清醒的戏曲工作者的反感。于是各地剧团开始移植已获得政府肯定的优秀现代戏作品，既可以避免政治风险，又可以满足群众的娱乐需要。《朝阳沟》先后被全国多个剧种改编、移植，由此使《朝阳沟》更加声名远播。

文化部在1958年召开戏曲表现现代生活座谈会的同时，就从全国各地抽调了多台现代戏在北京演出，《朝阳沟》也应邀到北京参加了全国戏曲现代剧目展演，并受到好评。

戏曲表现现代生活座谈会之后，各地根据文化部的指示精神，纷纷制定创作演出现代戏的高指标，并匆忙地在三四个月之后就相继举办各地的现代戏会演，以检阅创演现代戏的成绩。各地乃至中央以会演的形式推动现代戏的发展，成为政府提倡现代戏的主要方式之一。1960年现代题材戏曲观摩演出大会、1964年京剧现代戏观摩演出大会和1965年中南区戏剧观摩演出大会等大大促进了现代戏的排演和发展。

(2) 两条腿走路。

在某种意义上说，反右派斗争加剧了整个社会的紧张感，从20世纪50年代末以来，出于意识形态需求的考虑，政府动用国家的力量大力推动现代戏创作演出，使那些符合国家意志的剧目在戏剧领域占据主导地位的愿望更显迫切。此时的政府部门还很难直接控制观众的欣赏需求，然而，对剧团的演出计划有所钳制，以各种方法促使剧团放弃那些更易于赢利的剧目转而更多地创作与演出现代戏，却是有可能做到的。只不过要想达到这样的目标，代价肯定会非常高昂，因为它必然会对整个戏剧行业造成严重伤害。为了保持意识形态与戏剧行业从业人员现实利益之间的均衡，也即究竟将政府对戏剧的干预局限在何种程度的不确定，所以政府制定的戏剧政策在不同时期经常摇摆不定。

为了避免"以现代剧目为纲"在理论上的偏颇和实践上的失误，文艺界领导层提出要坚持"两条腿走路"（一条是现代剧目，另外一条就是传统剧目）的戏剧政策，这一方针在1958年戏曲表现现代生活座谈会上提出。真正产生较大影响则是在周恩来做了有关"两条腿走路"的著名讲话之后，他主张在大力提倡现代戏的同时，也不可忘记批判地继承传统。

虽然文艺界对"两条腿走路"的戏剧政策在思想上达成了统一认识，重新确认了这一正确的政策，各地戏曲院团代表也认可了这一方针在实际工作中的指导意义，但各戏曲院团的工作重点仍放在创作新的现代戏上面。

(3) "三并举"。

1960年以后，正逢国民经济遭遇困难，中苏关系破裂，一时之间，各地纷纷以卧薪尝胆为题材，创作上演戏剧新作，新编历史剧成为戏曲剧目总体中不可忽略的组成部分。文化部开始对戏曲剧目政策做进一步的调整和完善，在"两条腿走路"的基础上提出了戏曲剧目"三并举"的政策，即"现代剧、传统剧、新编历史剧三者并举"。该指导方针虽然纠正了"以现代剧目为纲"的错误剧目政策，但以"以现代剧目为纲"的"左"倾思想并没有得到消除，而且因为政治上的原因愈演愈烈。在"左"倾错误思想指导下，自1962年后，一面孤立地发展戏曲现代戏，逐渐把历史题材的剧目撤出舞台；一面将剧目问题提高到政治高度来展开猛烈的批判。随着1964年、1965年第三次戏曲现代戏竞演高潮来临，现代戏的创作更被提高到无以复加的地步。

（4）"写十三年"。

1962年9月的中共八届十次全会提出了有关"阶级斗争"的理论。文化部也迅速对此做出反应，但此时文化部的反应方式显得更为隐晦和更具政治上的考虑，只是通过在剧目创作上强化约束的特殊方式，表明了政策的转向。新的戏剧方针体现了对当时戏剧现状与此前一年明显不同的整体判断，此举也从一个侧面说明在戏剧与政治关系如此密切的环境里，政治上的考虑在文化以及戏剧政策中越来越占据言为心声的地位。戏剧政策出现这样的变化似乎是无可避免的。随着文化部的报告经中央同意批转各地，戏剧界刚刚经历了"大跃进"以后政策的重大转变，宽松的艺术氛围转瞬即逝，也说明在很大程度上戏剧的创演空间越来越多地受到政治权力的直接影响。

1963年1月4日，上海市委书记柯庆施提出所谓"写十三年"的口号，这绝非仅仅是要求戏剧作家关注1949年以来的现实状况。更重要的是要根据有关阶级斗争的理论，写出社会上现实存在的阶级斗争。而在这样一种政治化的观念支配下，现代戏的创作中出现了一大批阶级斗争题材的作品，当代题材剧目的创作再一次受到特殊重视。

（5）华东话剧观摩演出。

1963年12月12日，毛泽东在上海有关大抓"故事会"和评弹改革的汇报材料上批示：

> 各种艺术形式——戏剧、曲艺、音乐、美术、舞蹈、电影、诗和文学等等，问题不少，人数很多，社会主义改造在许多部门中，至今收效甚微。……不能低估电影、新诗、民歌、美术、小说的成绩，但其中的问题也不少。至于戏剧等部门，问题就更大了。社会经济基础已经改变了，为这个基础服务的上层建筑之一的艺术部门，至今还是大问题。这需要从调查研究着手，认真地抓起来。

> 许多共产党人热心提倡封建主义和资本主义的艺术,却不热心提倡社会主义的艺术,岂非咄咄怪事!

这个批示引发了文艺界局势的新动向。1963年底举行的华东区话剧观摩演出就成为"写十三年"之号召的成果检阅。当年姚文元执笔的《解放日报》社论《大力提倡现代戏——祝华东区话剧观摩演出开幕》就明确地将戏剧界对戏剧题材的选择看成思想领域阶级斗争的表现。社论指出:"今天思想战线上存在复杂的阶级斗争。思想战线上是没有空白地带的,事实只能是这样:舞台上社会主义的东西少了,资产阶级和封建主义的东西就多了;工人、农民、战士和其他革命人民和英雄面貌少了,公子哥儿、少爷小姐、才子佳人、帝王将相的形象就多了;无产阶级和劳动人民的英雄气概少了,资产阶级、小资产阶级和封建阶级的不健康情调就多了。"[5] 由此,现代戏创作与演出也就被刻意加上了浓厚的政治意味。

从某种意义上说,华东区话剧观摩演出是新中国戏剧发展历程上一个标志性的活动,它意味着一个时期以来戏剧政治化的趋势达到了一个新的顶点,更意味着传统戏剧与现代题材剧目之间长期形成的均衡被彻底打破(1958年戏曲表现现代生活座谈会时,现代剧目的比例还是20%至50%)。由于戏剧创作选择何种题材这种本该属于艺术领域的问题,被当作"两条道路、两种方向的斗争"中站在什么立场上,"为哪一个阶级服务"的政治抉择,这使得剧作家在从事新剧目创作时不得不思虑再三,剧团上演剧目时也不能不细加权衡。艺术的空间几乎完全被压缩到为政治与权力斗争服务的狭路之中。

(6)京剧现代戏观摩演出。

在华东话剧会演之后,当代戏剧领域最受关注的京剧界也举行了现代题材剧目会演,它就是1964年6月5日至7月31日在北京举行的京剧现代戏观摩演出大会。

各地对会演的重视程度,远远超出了一般意义上的戏剧会演,不少省、自治区、直辖市都由当地党政最高首脑亲自领导、创作、排演准备参加观摩演出大会的剧目。会演开始时官方的新华社报道中特别强调了全国各地现代戏创作演出的盛况。

京剧现代戏观摩演出大会对全国各地创作上演现代戏的推动作用是不言而喻的，从柯庆施提出有争议的口号"写十三年"到北京举行的京剧现代戏观摩演出大会，中国戏剧演出的整体格局发生了彻底变化。1963年元旦，柯庆施之所以提出"写十三年"的口号，正是由于当时的戏剧舞台上，"写十三年"的作品无论是在数量上还是质量上，都远远不能望传统剧目之项背，甚至也远远比不上新创作的历史题材剧目。京剧现代戏观摩演出大会改变了这一格局。

在观摩演出大会结束不久的短时期内，全国陆续有很多省份举行了规模空前的现代戏会演。各地大量出现的现代戏，除了特别注重选取当代题材以外，还非常注重以戏剧的方式为阶级斗争理论提供艺术的证据。

1965年更是全国现代戏会演的重要年份，5月至8月各大地区相继举办了以京剧为主体的现代戏观摩演出活动。

随着现代戏创作和演出受到高度关注并且被看成是一种具有强烈政治色彩的行为，以前一直在戏剧舞台上占据着主导地位的传统戏和历史题材剧目，还有外国题材剧目，一时间都被当作封建主义、资本主义、修正主义的艺术，这些"封、资、修"的戏剧作品渐渐被限制乃至完全禁止上演。

编演现代戏的政治意义被提到越来越高的高度。有些地区明确提出："大抓革命现代戏、大写革命现代戏、大演革命现代戏。"针对有关"百花齐放"的戏剧政策将各种戏剧样式均称为不同的"花"，会演的组织者指出"文艺不是花儿而是阶级斗争的武器"，"演不演革命现代戏是关系到革命不革命的问题，是走资本主义道路还是走社会主义道路的问题"。因此，有些地区明确规定戏剧作品里"写人物，一定要写工农兵的英雄事迹。在农村，一定要大写特写贫农、下中农中间的优秀人物"，同时还明确提出要"斩断戏曲舞台和一切旧习惯势力、道德风尚以及各种陈腐的旧观念的千丝万缕的联系，拔掉修正主义、资本主义的根子"。对现代戏如此明确的提倡，使得传统戏在当时的文艺舞台上彻底销声匿迹。[6]

（7）京剧革命。

京剧现代戏观摩演出大会之所以受到那么多中央高层官员的密切关注，绝不是偶然的。处于1964年这样微妙的时刻，很少有人会天真到把京剧现代戏观摩演出大会看成一个纯粹的艺术事件。中宣部向毛泽东做了全国文联系统整风情况的汇报，时值京剧现代戏观摩演出大会期间，毛泽东于 1964 年 6 月 27 日在中宣部的这份报告上做了批示。

"政治变色龙"康生在京剧现代戏观摩演出大会的闭幕式上，当面公开指名批判同时坐在主席台上，仍然担任着中国戏剧家协会主席、文化部艺术局局长的著名戏剧家田汉，并且将田汉的京剧《谢瑶环》与此前已经受到批判的昆曲《李慧娘》一并称为"反党反社会主义的大毒草"。在公开场合当面批评一位在任的政府高官，这在 20 世纪 60 年代的政坛上是一种非同寻常的举动。面对这样的挑战，没有人敢于站出来为田汉辩护。相反，所有在这次京剧现代戏观摩演出大会演上做讲话的高层领导，无不强调编演现代戏的政治意义，并且按照马克思列宁主义经典的社会发展史理论，把京剧编演现代戏称为"上层建筑领域的一场革命"，把京剧演不演现代戏说成是"阶级斗争"，是"要不要革命的问题"，更将京剧编演现代戏视为一场"京剧革命"。正由于京剧现代戏创作被多位中央高层领导称为"一场革命"，按照当时的流行话语，支持还是反对现代戏创作就成为革命与反革命的分水岭，对现代戏创作的热情程度也成为革命与否的试金石。因此几乎每个省、自治区、直辖市都由党政首脑主持现代戏创作，使得从中央到地方的各级党政领导无不以现代题材的戏剧创作为其主要工作之一。

戏剧界内部有关是否演现代戏或者究竟应该把现代戏的创作演出置于何种地位，这种争论由来已久，而"现代戏"被视为一个有特殊艺术含义的词语之历史，也至少可以追溯到延安时期。但是迟至 1958 年为止，高层领导们意见的分歧与他们对现代戏的态度并无直接的关系。从"大跃进"一直到 1962 年的广州会议，剧目题材问题已经在相当大的程度上被政治化，要不要演传统戏、是否允许不同戏剧题材的百花齐放，也日益成为一种政治态度，成为争议的焦点。但是在 1964 年的京剧现代戏观摩演出大会上，情况又发生了变化，此时有关是否应该重视现代戏创作演出、传统戏能不能被允许演出的争论基本上已经不复存在，甚至在把创作现代题材剧目视同一场"革命"的问题上似乎也已经没有任何分歧，我们看到的只是这场"革命"究竟应该由谁来主导，看到的只是现代戏创作的领导权之争。

6）媒介的介入

1958年演出的豫剧《朝阳沟》时至今日已历数十余载，它本是"大跃进"时代的作品，但经过时间的洗礼仍颇具独有的魅力，作为一部艺术经典影响着新旧世纪的人们。在探究其经典化的过程中自然少不了新时代媒介的介入。

以往人们对于戏曲审美和文化的研究，更多的还是注重创作与编演，注重作品本身的形态与价值，或者还有作为接受者的观众，而相对忽视的是戏曲的传播过程和传播媒介本身，忽视了对于戏曲传播与交流的方式、渠道及界域的思考与探究。

从古至今，戏曲从未停止过自身的传播。而且，戏曲传播中的媒介、传者、受众的变化与发展，给戏曲艺术的发展与更新提供了丰富的可能性。受其影响，戏曲自身的特质也在其传播过程中得以不断生成和变化，故而，从传播的角度来认识戏曲形态的演进，戏曲的本质与历史都必然会呈现出另一番景象。

从某种意义上说，中国戏曲艺术的发展史也就是戏曲使用不同媒介进行传播的历史。戏曲艺术通过传播媒介得以延续和留存；同时，传播媒介又以其自身的规律与特点，对戏曲艺术的形态及表现产生巨大的反作用。按照传播学的理论，人类传播媒介的发展过程大体上经过了三个主要阶段，即语言媒介阶段、文字媒介阶段和电子媒介阶段。与之相应，豫剧《朝阳沟》的传播从媒介的类别上来把握，也大致可以分为这样几种形式或几个阶段：舞台传播、剧本传播和大众传播等（以下剧本传播部分从略）。

（1）舞台传播。

戏曲的舞台传播就是戏曲通过一定的演剧场所而当场进行演出，直接诉诸观众的一种传播方式。戏曲最初本就是发端于民间的广场百戏。后来，随着艺术上的渐趋成熟，戏曲的传播才从广场而走进勾栏瓦肆、厅堂楼院，走进专业化的现代剧场。戏曲也因为其载体和媒介的不同而呈现出不同的性质和形态。

① 农村的广场戏曲。作为来自民间的传统艺术，戏曲一直在农村广受

欢迎。为工农兵服务、以农村为题材的《朝阳沟》自然遗忘不了农村市场。在传统的农村,为了便于人们观赏,其表演区常搭设于高出地面之台,即"露台"。露台之上,"百艺群工,竞呈奇技","万姓皆在露台下观看,乐人时引万众山呼"。[7] 由此可见,露台表演由来已久。露台形式的戏曲演出,进一步凸显了演员表演的核心地位,观众和演员之间也便逐渐形成了一个适度的观赏距离。《朝阳沟》的下乡演出常引起万人空巷,丰富了文化娱乐稀少的乡村生活。

(《朝阳沟》演出盛况)

② 剧场戏曲。1958 年,《朝阳沟》的首次演出地点是郑州北下街剧场,随后在全国范围内演出。现代戏曲剧场是与 20 世纪以来西式舞台的引进以及剧场艺术观念的觉醒分不开的。剧场艺术关系着戏剧文本演绎的革命性调整。舞台技术的改变,使得观众只有置身于剧场才能够获得一种直接的享受。更重要的是,剧场是随着西方导演艺术的觉醒而逐渐独立的,剧场艺术的特长就在于集合编、演、音响、美工等多方面的艺术创造而予以直接性与一次性呈现,并且以其观演之间的"对峙"而对观众具有裹挟性和震撼性。剧场可说是这样一个审美的"公共空间",一个观演双方所共同营造的共鸣场域。

《朝阳沟》是由河南豫剧院三团演出的,当时汇集了杨兰春、王基笑、高洁、魏云、马琳、王善朴、柳兰芳、鲁本修、姜宏轩、许欣、梁思晖、陈新理等一众文学、音乐、表演、导演、舞美以及其他各门类艺术人才,正是靠着强有力的集体力量才成功创演出现代戏《朝阳沟》，为其在现代戏舞台上确立了牢固地位。

（2）大众传播。

在某种意义上，戏曲作为中国传统的大众审美文化，其本身即属于一种公众的传播。然而，戏曲本质上与现代大众传播仍有很大的差异。戏曲是中国传统娱乐文化的一部分，具有鲜明的民俗和民间的特点，属于前工业社会的娱乐文化的产物。而一般所谓"现代大众传播"则是指随着近现代工商业大规模发展而来的，依赖工业化的印刷及光电技术，以大批量信息的传递为特征的媒介传播。现代大众传播包括报纸、杂志、通讯社、书籍、广播、电影、电视以及21世纪异军突起的电脑网络等。

① 连环画。连环画乃中国传统艺术之一，自光绪十年（1884年）《点石斋画报》刊载关于朝鲜东学党事变的连环画起，已走过了一百多年的历史。一百多年来，连环画以其通俗化、大众化，赢得了广大民众的喜爱，成为民众主要的精神食粮。

新中国成立后到"文革"前的一段时间里，连环画因其通俗易懂、与现实生活紧密结合，画家们结合形势创作的大批作品在当时起到了宣传鼓励、号召倡导的功用，使连环画的出版进入了一个繁荣期。在这期间，连环画的形式除传统白描、西洋素描外，水彩、水粉、水墨、摄影等手法也得以娴熟运用，其创作题材更显多样化趋势，中外文学名著及戏剧电影、童话神话、科幻科普故事均进入了画家们的视野。

20世纪60年代名家贺友直创作出版的连环画《朝阳沟》为戏曲的传播增添了新途径，通俗易懂的图文增加了它的阅读受众。1979年，《朝阳沟》连环画在新中国成立30周年美术作品展览中获得三等奖，现在又兴起了它的收藏热。

② 贺年片。20世纪60年代的贺年片形式多样、丰富多彩，是一种重要的文艺作品的表现形式，同时也是一个很好的宣传阵地。由于贺年片物美价廉，很受中小学学生的欢迎，销量相当大。学生之间互赠贺年片以表达纯洁的友谊、纪念纯真的年代，使这些风格各异的贺年片打上了鲜明的时代特色。其中有代表性的就是一张以电影《朝阳沟》剧照为主图的贺年

片，由河北人民美术出版社出版，定价3分，它在当时广为流行，成为那个年代人们的记忆。

（贺年片，电影《朝阳沟》剧照）

③广播戏曲。广播的优势在于：首先，它以声音和音响为传播媒介，比起纸质传媒更为便捷、更具有听觉上的直观性；其次，广播的传播也更为迅速及时、接收方便；最后，广播还比较适合于不同文化程度的广大受众。因此，广播一经出现，很快便风靡世界，成为人们获得信息和娱乐的一种十分便利的媒介。

在中国，广播网络覆盖最为广泛，直至乡村的每一个角落，各地广播电台都开办有戏曲栏目。作为现代戏的经典，《亲家母对唱》《我代表娘们家来欢迎》《学锄地》《为改变咱穷山沟咱各显本领》《祖国的大建设一日千里》等唱段常常被群众点播，也成为电台的常选节目。

④电影戏曲。随着电影在20世纪的飞速发展，电影与戏曲这两种姊妹艺术有机结合，成为戏曲竭力追求的一个艺术目标。

新中国成立后，戏曲片得到大量拍摄和迅速发展。特别是20世纪50年代中后期到60年代前半期，应该是我国戏曲电影的黄金时代。其间全国共摄制完成了90多部戏曲影片。1956年到1963年间，每年生产戏曲电影9～13部。《朝阳沟》即在1963年由长春电影制片厂摄制，借着新的电影传媒手段让更多的人分享，从而形成广大的消费市场。因此，它能够十分平易、最大限度地走进大众生活空间，成为那个时代人们不可磨灭的记忆。

用电影来拓展豫剧的表现空间，使豫剧电影化，是《朝阳沟》的显著特色。影片突破了戏曲舞台框架，发挥电影阐述特点，用蒙太奇语言、声画构成等手法，增加了戏曲新的表现手法。电影戏曲无疑带来了一种新的戏曲观演的方式，造就出戏曲的一种全新的传播视野，显示出戏曲发展的一个新的路向。

以上各种媒介手段的使用，扩大了《朝阳沟》的传播范围，为广大受众所熟知。后经许多剧种改编移植，更强化了它的影响力，乃至凡生长于那个年代的人，不管喜欢不喜欢，都逃不掉《朝阳沟》的浸润。20世纪80年代后的年轻人也可通过摇滚版《银环同志》对《朝阳沟》有所了解。这首歌是流行歌手李延亮根据幼时的记忆，采用重金属风格，将吉他演奏的民乐相互串联而创作的。

总之，现代戏所具备的政治功用性、国家领导人的支持、戏剧政策的鼓励、现代媒体的介入，以及当时国家的社会情况等多种综合因素，使得《朝阳沟》开始走向全中国，为成就一部红色经典做好了前期准备。

3. 新时期《朝阳沟》的传播

随着"文革"的结束，"文革"期间被禁演的《朝阳沟》重新和人民群众见面了。中央电视台专程到郑州将恢复原貌的《朝阳沟》舞台戏录了像，在1977年春节的除夕之夜向全国播放，又一次掀起了观众争看《朝阳沟》的热潮，戏剧界开始迎来新的春天。

这时候的文化领域也并非随着"四人帮"的倒台就实现了一下子解禁。在1978年，文化部还在坚持"宁紧勿松"的文化政策，从《文化部党组关于逐步恢复上演优秀传统剧目向中央宣传部的请求报告》可以看出当时主管部门的心态，文件中字斟句酌地特别强调要"适当控制"传统剧目的上演，强调必须"努力突出革命现代戏的主导地位"，"把戏曲革命工作不断推向前进"等等。在既有解冻迹象又布满地雷的文化领域里，人们只能小心翼翼地摸索着前进，最保险的办法莫过于放映政府于"文革"前大力提倡的红色经典《朝阳沟》了，所以在当时还比较冷清的剧坛，像《朝阳沟》这种既得到领导认可，又受到观众欢迎的两面讨巧的戏剧，重新红遍中国也是可以理解的。

一直是大众娱乐主要形式的戏剧，在刚踏进新时期之初，似乎已经隐约看到了又一个黄金时代的身影，戏剧界的危机却在辉煌时刻悄悄袭来。

党的十一届三中全会以后，特别是从1979年下半年以来，当小说、诗歌、话剧、电影、音乐等艺术继续深入发展，读者和观众越来越多时，戏剧的观众，尤其是青年观众却减少了。原因是多方面的，长期推行"左"的政策形成的思想禁锢就是重要原因之一。具体到戏剧领域，除了可能最为核心的体制原因以外，还包括优秀演员的断层、新一代戏剧观众培养的缺乏等。1980年前后的戏剧政策又有趋于退缩的迹象，相当一部分长期受观众欢迎的剧目，也因为受到某种意识形态层面上的阻力，难以正常演出。尤其是表现现实的现代戏，在关注"社会效果"的同时，却慢慢失去了反映现实的敏锐性，停留在歌功颂德的层面上，甚至沦为企业宣传的"行业戏"，致使现代戏离观众越来越远了。尽管政府对现代戏时时提倡，甚至花巨资扶持，却再也难以力挽现代戏衰落的狂澜。作为现代戏中的一朵小花——红色经典《朝阳沟》在戏曲市场上也难免遭遇被冷落的局面，即使它仍被作为优秀保留节目出现在各种晚会和戏剧舞台上，但此时它的境遇与以前的风光无限相比，毕竟不能再同日而语。

因演出红色经典《朝阳沟》而确立"红旗团"地位的河南豫剧院三团，时至今日，仍被人们公认为演员阵容最强大，乐队阵容最整齐，编导力量最雄厚，服装、灯光、音响等"硬件"设备最完备的剧团。当然，它也被称为吃"偏饭"最多的剧团。仅1990年，河南省文化厅就一次性拨款50万元，专门让三团去购置灯光、音响等演出器材。上级领导不仅拨款予以特别照顾，领导们还不止一次地到三团鼓励其克服困难，争取再排一出像《朝阳沟》那样轰动全国的现代戏。可惜，三团至今还没能排演出能够替代《朝阳沟》的伟大作品。

《朝阳沟》成为红色经典,需要天时地利人和等各方面的因素,在越来越多元化的文化市场上,再出现一部这样的红色经典恐怕不太容易。

(四)《朝阳沟》成为艺术典范

1. 经典作品的内部构成要素

一部《朝阳沟》能成为红色经典,仅仅是由它的"红色"性质而定吗?红色经典的构成要素仅仅是背后的权力因素吗?真的如西方某些后现代主义批评家所言,这并非由于作品本身有任何内在的要素或价值,而是因为这些作品代表了文化的主流意识形态,得到社会上少数权威人士的赞同,加上编辑、出版等商业行为的促成,才攫取了红色经典的地位吗?

这显然又变成了文本的虚无主义,忽略了文本自身所具有的艺术魅力和审美品格,就《朝阳沟》而言也是说不通的。

"大跃进"时期,文坛上也呈现一片"大繁荣",文学创作大放"卫星",和"大炼钢铁"一样"超英赶美"。尽管作品数量很多,却行之不远。能够穿越时空迷雾的是那些艺术上有审美性、原创性的作品,《朝阳沟》是其中为数不多的一部。

尽管隐含在《朝阳沟》背后的社会与人生理想有许多可质疑之处,但是我们不得不指出,《朝阳沟》毕竟成了一部"当代经典"。而且我们不能不承认,如果仅仅只具备那些意识形态规限下的"成功要素"的话,它的"经典位置"是不可能持久的,这一点也正是我们今天还要研究它的价值所在。深入作品文本的内在底蕴之后我们会发现,它的"经典性"除了有着前述意识形态规限下的"成功要素"之外,更大程度上是由于在那些要素的缝隙中,渗透出了一些主流意识形态话语所无法彻底消泯与遮蔽的异质性要素,即更符合人类灵魂需求因而也更具有艺术生命力的民间话语要素。如果把《朝阳沟》中的革命话语去掉,也可以把其看作一部内含着普通人情感、普通人生活的家庭轻喜剧。这一点正是《朝阳沟》与众不同的独特价值之所在。剧本作者是运用民间戏剧手法颇为娴熟的杨兰春，所以，拂去遮蔽在作品之上的那些抽象与空洞的教条，我们会从中体验到丰富的民间趣味，无论是剧本还是剧中人物的形象与表演均蕴含了一种平易近人的质朴，尤其是它的幽默风格与设计精美的唱腔，更足以给观众留下深刻印象，成为河南现代戏的成熟范式。

2. 现代戏的成熟范式

河南戏曲现代戏起源于20世纪之初的辛亥革命，成熟于新中国成立之后。新中国成立之前的"现代戏"，只是戏曲现代戏的雏形。因为它们大都是采用传统戏的表演程式、音乐唱腔，有的还采用传统戏的妆造。常香玉演出的《打土地》也仍然是传统戏中青衣的装扮、唱腔和身段，这还不能说是严格意义上的现代戏。正像普列汉诺夫所说，革命时期的艺术是政治艺术。人们更注意艺术的内容而忽略艺术的形式，如何使现代戏达到内容和形式的完美统一更是无人问津。

新中国成立初期，上演的《白毛女》《王贵与李香香》等剧目也仍然没有解决现代戏的表演、音乐唱腔问题，大量地把歌剧的音乐照搬过来。一方面模仿唱歌剧；一方面演员心血来潮，便唱豫剧。音乐唱腔很不统一。一些民间剧团也存在着完全按照传统戏演出现代戏的情况。甚至以演帝王将相的服装、化妆、表演程式表现国民党、共产党的领导人。比如刘伯承出场，帅旗帅盔，唱的是"一杆大旗竖在空，上写刘伯承调领兵"。根据反映生活、塑造人物、体验情感等艺术原则来衡量，当时的现代戏在某些方面与艺术原则和观众的期待存在差距，可能影响观众的观赏体验。创造豫剧现代戏自己的音乐唱腔、表演形式显得十分紧迫。这项任务历史地落在了一些新生代文艺工作者的肩上。

毕业于中央戏剧学院的杨兰春把马克思主义的文艺思想、斯坦尼斯拉夫斯基的理论体系应用于戏曲创作，借鉴话剧、电影、歌剧等艺术语汇，为现代戏寻找合适的表现形式，在一贯注重程式表现的艺术躯体里注入注重情感体验的新鲜血液，把河南戏曲现代戏推向成熟。可以说，没有杨兰春及其代表作品就没有河南戏曲现代戏的个性，因而也就没有河南戏曲现代戏的成熟。

杨兰春的《朝阳沟》是我国现代戏发展史上一个里程碑式的作品，为河南豫剧提供了成熟的现代戏范式，使现代戏有了自成体系的内容和形式，有了区别于传统戏的音乐、唱腔、服装、化妆、表演方法，并培养了一大批具有独特艺术风格的现代戏演员，高洁、马琳、魏云、王善朴、杨华瑞的名字在屏幕上一出现，就赢得观众的一阵掌声，《朝阳沟》由此也有了为之倾倒的观众群。

以"歌舞演故事"是戏曲的本质。要实现现代戏的戏曲化，必须注重现代戏舞台表演的动态性、舞蹈性、写意性，巧妙地将传统戏曲的程式经过选择、融化、改进后运用到现代戏中。《朝阳沟》中拴保娘搭手巾、掸灰、擦桌子、扔笤帚的动作不能和日常生活的动作一样，要和戏曲音乐的节奏紧密配合，利用瞬息的停顿，运用眼神创造出新的"亮相"，使一些好的传统表演手法为现代戏服务。《朝阳沟》中的人物动作实现了一定程度的歌舞化，具有明显的传统戏曲美学精神和表现手段。当然，《朝阳沟》反映的是现实生活，与人们的距离很近，据此，在创作中，剧作家必然要调整写实与写意的比例，表演较多地采用生活原型或近于生活原型的动作。与传统戏相比，其在表演和唱腔上都缩小了夸张变形的幅度。但这种调整并没有改变戏曲的美学精神。也正是这种调整和改变，才形成了《朝阳沟》的个性。它的个性是重视人物性格，重视情感开掘、浓郁的乡土气息和生活气息、幽默的细节。

在刻画人物时，注重把握人物神韵气质的生活化、乡土化，是《朝阳沟》的一个突出风格。在该剧中走出了一批批性格鲜明的人物形象。忠厚真诚的拴保，慈祥大度的拴保娘，老实质朴的拴保爹，泼辣风趣的二大娘，平易近人的老支书，都是鲜活生动的人物形象。他们使人们吮吸到中原泥土的芳香，体验到现实主义表演的魅力。在借助话剧写实手法的同时，导演们并没有忽略对传统表演程式的吸收和借鉴，在注重感情体验的同时亦注重与戏曲的形式美相结合，使演出既具现代感、生活感，又增强了一定的写意性。《朝阳沟》中极富节奏感、韵律化的人物语言和动作（如《学锄地》一段），都是实现这种表现形态的典范。

音乐形态方面，它不再是传统音乐板式、腔调的照搬，而是以专业、科学的音乐创作方法为依据，以表现内容、塑造形象为目标，以完整的舞台艺术为原则，以突出地方戏剧中浓郁的地方色彩和鲜明的时代精神为宗旨，丰富、发展了戏曲音乐的现代表现手法。《朝阳沟》的音乐唱腔是传统和现代相结合的典范，既有传统神韵，又有新的音乐语汇，令人百听不厌，至今仍在民众中广为流传。

所以说，《朝阳沟》最为让人心动的地方是它们独特的音乐唱腔和如唐诗一般铺张而有元气、热闹而又世俗的健朗之气。当然，还有它们那种与民间日常生活几乎同质同构的结构形态。

在中国戏曲中，音乐唱腔历来占有举足轻重的地位，从小处说，它是戏曲作品塑造人物形象的重要手段。一出戏如果没有几段好的唱腔，很难使人物形象真正立得起来，自然也就难以在广大民众当中广泛流传开去。从大处说，它是一出戏成功与否的根本点。人们欣赏一部优秀戏曲作品时，主要就是欣赏其优美的唱腔。在这一点上，河南地方戏的创作达到了相当高的境界。

一部戏必须有好的音乐唱腔，而好的音乐唱腔则必须在了解演员的特点、充分发挥他们的演唱技巧并与乐队伴奏员通力合作的情况下才能完成。《朝阳沟》在这方面就做得十分出色。

《朝阳沟》的主题音调是选用豫剧传统的豫东调"二八板"的旋律，并且大胆吸收了豫西调"二八板"的素材，两相交融，形成了一种崭新的音调，既有豫东调的活泼、明快、乖巧、花俏，又有豫西调的深沉、含蓄、大方、委婉。这种音调贯穿于"上山""下山"这两个处于全剧中心情节位置的唱段中，前后映衬，于对比中塑造出了银环这样一个不断进步成长的形象。同时，这些特定的音律还创造了清新、明快、活泼、热烈、豪放的舞台气氛，体现了新的时代精神和新的人物形象。

《人也留来地也留》是银环下山时的重要唱段，以"慢二八板"的板腔程式为基础，结合剧本规定情景，从人物感情变化需要出发，突破豫东调、豫西调两种不同唱腔在调式和旋律上的束缚，将其加以拓宽并有机地融合为一体，形成了一种新颖别致、极富表现力和抒情色彩的经典唱段。加上扮演银环的著名演员魏云在演唱中自觉与剧中人物融为一体，唱得清醇亮丽而又激情奔放，使观众仅凭听觉就在意念中完成并记住了一个20世纪50年代知识青年银环的形象。

《高兴得我心里没法说》是拴保娘的一个唱段。曲作者把"中二八板""二八连板"转"流水连板""慢流水板"巧妙融合为一体，使演员在演唱时把人物的思想感情渗透到一字一腔中，以深沉细腻、清脆甜美的声腔把观众带到"字中有声，声中无字"的艺术境界，从而也刻画出拴保娘慈祥善良、乐观豪爽的形象。

《亲家母对唱》则是以剧作者杨兰春吟诵唱词的音调的雏形为基础，吸收了琴书、曲艺等素材并加进相应的过门而创作出来的，既完美流畅，又有曲折变化，把三个主要不同人物的形象，用"宫、商、徵"三种调式交替的方法很好地表现了出来。由于人物形象鲜明，唱词通俗，曲调朴实无华，调式变化鲜明而极富个性，这一唱段风靡全国。

《我坚决在农村干它一百年》这段唱腔是拴保的核心唱段。作曲者以豫西调下五音"二八板"转"紧二八板"旋法为基础，通过上属近关系转调而成的男声唱腔，王善朴首唱。这种唱腔方法是20世纪50年代豫剧男腔改革进入第二阶段时的主要方法。在20世纪20年代之前，无论"生、旦、净、丑"均由男演员"一统天下"。20世纪30年代前后，女演员进入豫剧舞台，使豫剧艺术进入一个飞速发展时期，从而逐步衍生出女演员占据舞台中心的局面。因此调高也以适应女演员音区而定，给男演员带来了高音唱不上去、低音又下不来的困难。豫东调男演员在一个历史时期内大部分采用与女演员同调、同高度的高八度假嗓（俗称"二本腔"）演唱，豫西调下五音仍保持了男演员自然歌唱音区的本腔演唱。但无论豫东、豫西，大部分男演员都因男女同台而以占据舞台中心的女演员的标准定调。由于男腔音区过高，真正能唱得好的屈指可数。而这种传统中的"二本腔"男演员唱法，在表现现实生活题材的现代戏中是不好运用的，这是近几十年来梆子腔系排演反映现代生活剧目的一大难题。豫剧的男腔改革在开始阶段用低八度本腔演唱，观众贬为"卖红薯腔"；继而在此基础上用临时离调、移高音区、发展新旋律，进而采取转调创作新曲调等手段。这一段唱腔就是20世纪50年代后期豫剧男腔改革中通过转调解决男腔音高问题的尝试，上演后得到观众的认可并获得推广。演员王善朴以刚柔相济、朴实无华的演唱风格，成功地塑造了一个淳朴忠厚、立志要为改变山区面貌而奋斗终身的新型农民形象。他和作曲的同志合作，为豫剧现代戏的男声唱腔改革提供了范例，受到了观众的认可。

除此之外，《朝阳沟》剧中还有《我代表娘们家来欢迎》《学锄地》《为改变咱穷山沟咱各显本领》《祖国的大建设一日千里》等唱段，脍炙人口，深受人民群众的喜爱。

所有这些特点，都使作品无意间跳出了当时主流意识形态规限的易于使作品流于公式化、概念化的无形框框，而暗合了广大人民群众的真实欣赏要求，因而使作品真正达到了艺术上的极高境界，体现出现代题材戏剧作品创作获得成功的一种方向，也在豫剧的发展史上增添了一种新的风格。

《朝阳沟》这部作品虽不能说在艺术上达到了极致，但它开辟了新的艺术范式，可供后人不断效仿，并为《朝阳沟》的经典化提供了内在的动力。同时，《朝阳沟》通过对戏剧艺术层面的追求，很大程度上突破了当时将戏剧作为政治斗争工具的意识形态诉求。

（五）《朝阳沟》的影响力

一部被称为经典的作品，当然要对后人有历时性的影响，使不同时代背景下的人们都能够感受心灵的脉动，只有这样的经典才不会过时，不会躺在尘埃里勉强接受后人的拜祭。而《朝阳沟》则经历了数十年的考验，现如今它的中文、外文版本共计20余种，经作者文字上的润色，已被选入《河南新文学大系·戏剧卷》，成为现代戏的一座丰碑，作为豫剧的经典载入史册。

现如今说起《朝阳沟》，其在全国很多地方都是妇孺皆知的，且不说有无文化，中年以上的人恐怕很多都会哼哼两句唱词。诸如："为改变穷山沟咱各显本领"等等。虽是一部戏曲，但它已渗透进了人们的日常生活，作为一种文化符号影响着人们的日常生活。

1. "银环"的影响力

当电影《朝阳沟》在全国各地巡回演出成名后，饰演银环的演员魏云也跟着享誉全国。当时她每天都会收到几十封观众来信，其中不乏求爱信，求爱者中工农商学兵都有，甚至还有干部。魏云成为当时各地群众追捧的明星，她在剧中所梳的两条长辫子，一时成为众多年轻姑娘争相模仿的时尚发型，翻看那时女人们的旧照片，不难发现发型也成了《朝阳沟》流行的时代记忆。

跟着《朝阳沟》名声大振的还有银环的原型赵银环，她当时成了人们心目中的偶像和楷模，曾经有很多人坐着车去看望她，以至于她的门口都快变成了汽车站，后来她还被推选为河南省第五届人大代表和河南省妇女代表。

其实赵银环本是一个普通的至多上过高小的乡村妇女，也不存在什么知识青年下乡的经历，剧作家只是以她为原型又杂糅其他知识女青年形象创作出剧本中王银环的角色。但在当时，一个原型人物竟受到如此礼遇，这样的事件在中国文学史上恐怕是绝无仅有的，同时也可看出《朝阳沟》在当时的政治影响和流行程度。

1983年，杨兰春又根据做计划生育工作的赵银环的事迹，创作了《朝阳沟后传》，并获得了优秀剧本奖。这样一个剧本中的原型人物一直走在中国政治的风口浪尖上，当政治狂热过去、经济开始唱主角时，赵银环这个人物时隔若干年后又成了人们关注的热点。

2. 形成民俗文化

在今天豫剧流行的地域，乡村里不管红事还是白事，多半会放《朝阳沟》戏曲，这是因为银环的唱词中有一句"不能走"。只不过，红事用音响和大喇叭来播放唱片和磁带，白事则由娱乐班子用唢呐吹出来。尤其是年长者寿终正寝，那丧葬仪式搞得比红事还热闹，往往还要请来大剧团。在演出的节目里，豫剧《朝阳沟》是少不了的。尽管在20世纪70年代，公开场合不允许唱《朝阳沟》，但人们大都能随口哼哼几段唱腔。到了《朝阳沟》恢复上演的20世纪80年代，大街小巷里谈论最多的是《朝阳沟》，乡村的喇叭又放出了尘封多年的《朝阳沟》老旧唱片。人们听得如痴如醉，尤其到了傍晚时分，人们端着饭碗，听着喇叭里播放的《朝阳沟》，早忘了一身的疲劳。假如听说邻村有这样的电影和戏班，那是非去不可的。村里大多数人可以撵着放映队或戏班子，挨着村连看数场而不厌倦，直到远得不能再去才罢休。

在农村里是这样，在城市里也常会听到有《朝阳沟》的唱腔从窗外的大街上，从相邻的居民楼里传来。特别是到了被人们视作"黄道吉日"的日子里，男婚女嫁喜事临门的人家，高"唱"着的喇叭和音箱里，总也少不了《朝阳沟》那优美的唱腔。《朝阳沟》已融进人们的日常生活，成为一种民俗文化。

在小说里也常常看到被引用的《朝阳沟》片段，从中也可看到《朝阳沟》的影响力。如小说《一碗炸酱面的幸福生活》里写道：……舀一勺炸酱蒙上去，拿筷子三搅两搅，就搅出《朝阳沟》里的银环她娘的感觉来了。那个贫穷的年代里，那个刁老太太端的那尖尖一大海碗面和三搅两搅的动作，十分具体地阐释了什么叫作"好吃"和"幸福"……

《朝阳沟》中银环的一句话："走一步，退两步，不如不走"，也被其他文艺作品大量引用。

豫剧《朝阳沟》里银环妈的几句唱，让笔者至今记忆犹新："我把你养来把你生，你掉根儿头发我都心疼……"笔者想，她唱出了天下所有的母亲对儿女的爱。

还有收音机里播放着豫剧《朝阳沟》唱段：走一道岭来翻一架山，山沟里空气好实在新鲜。……知青下乡，雷厉风行。在支援非洲的柱子还没有动身之前，梁子这些知青们便准备开拔了，行程就是今天。这些都让笔者留下了深刻的印象。

打乒乓球时也会用到《朝阳沟》。如一本教材里的一个章节写到打乒乓球要注意重心移动，教练要求运动员靠蹬腿转腰来转移重心，把全身的力气都用上。其功夫秘诀就是豫剧《朝阳沟》里贫下中农教知识青年干农活时用的口诀"前腿弓，后腿蹬"。

3. 成为文化品牌

不论《朝阳沟》的主题如何，它的经典性是不容置疑的，在豫剧史上不算空前也是绝后的。还能有哪一出戏可以创造出这般不论主角配角、不管大段小段都能成为"流行"歌曲的奇迹呢？风风雨雨数十年，《朝阳沟》作为一部现代戏的经典之作已被写入文学史册。打开《辞海》，对"河南豫剧"的解释中就提到了两部戏，一部是传统戏《花木兰》，另一部就是现代戏《朝阳沟》。由此也可看出《朝阳沟》在豫剧史上的地位。

数十年后的今天，《朝阳沟》的影响力早已超出了戏剧领域，它已成了一种文化符号，成了有心人的卖点。这个卖点，就是"朝阳沟"这三个字的文化品牌中的"含金量"。如今"朝阳沟"被广为使用，有以它命名的商店，有以它命名的商品，还有以它命名的旅游区，这是一个耐人寻味、值得研究的文化现象。中国文化战略研究会研究员白华曾撰文认为，《朝阳沟》是可供不断深入开掘的文化宝藏。

1）两地争夺"朝阳沟"旅游区

旅游业是文化特性很强的产业，文化是支持旅游业发展的不竭动力。因此旅游产品的开发，都少不了在文化上下功夫，以增强旅游资源的文化魅力，将这种潜在的资源优势转化为现实的产品优势，进而转化为经济优势，以促进旅游业的发展。数十年的时间内，随着《朝阳沟》在中国舞台的不断唱演，无论举办晚会、戏曲比赛，还是婚丧嫁娶，人们总爱播放《朝阳沟》，它已渗透到社会生活的各个方面，成为民俗文化的一部分，因此，旅游业自然不会忽略这一文化名牌所具有的经济利益。

《朝阳沟》本是剧作家杨兰春凭想象力创作出的文学作品，多少年后，作者也许没有想到的是，一部虚构的艺术作品，竟然引发河南、河北两地争抢"朝阳沟"的实名归属权了。

河南登封拿出的理由是，作者杨兰春是在曹村蹲点时创作了《朝阳沟》，而且曹村早于 1974 年就已正式更名为朝阳沟，所以说正宗的朝阳沟在河南。而河北邯郸的列江是作者杨兰春的故乡，在《朝阳沟》红遍大江南北后，也改名"朝阳沟"。他们说《朝阳沟》中的人物、景象正与这些对应，正牌的朝阳沟非他们那里莫属。

于是两个"朝阳沟"争相把虚构的故事发生地坐实到自家，你来我往，各自拿出证据，摆事实、讲道理，就像历史上争论究竟是武赤壁还是文赤壁才是真正的赤壁之战的发生地一样，再次显示出文化背后潜藏的商业动机。一个本是子虚乌有的朝阳沟，凭借虚拟的影像世界，以惊人的传播力与艺术作品自身强大的感染力，一举成为家喻户晓的红色经典，其发展到今天，被拿惯锄头的农民们看到了豫剧《朝阳沟》这个品牌本身所蕴含的商机。朝阳沟人开始借用品牌的价值和效应，结合各地的文化打造各具特色的朝阳沟旅游区。

(现代戏《朝阳沟》剧照)

20 世纪 90 年代，登封市朝阳沟村呈交了《朝阳沟旅游项目可行性研究报告》，并提出了建设朝阳沟风景区，使登封西有千年古刹少林寺，东有全国闻名朝阳沟。开发公司先后投入资金 30 多万元，修建了大门、水上观景台、旅游船、旅游度假村以及农家院落等，还利用朝阳沟这一文化品牌生产了"朝阳沟"酒。郑州各大旅行社纷纷开辟出朝阳沟文化线路游,供游人听《朝阳沟》,赏朝阳沟景,回忆青春的流金岁月。

河北省列江村先是把村西的西沟更名为朝阳沟,并从2000年起动手开发"朝阳沟风景区",景区位于"华夏龙骨,天下之背"的太行山区,面积20余平方千米,分东西南北中五个景区,景点80多处。他们不仅在村头塑有拴保、银环塑像,还建有"杨兰春旧居""拴保银环旧居",只要能与豫剧《朝阳沟》沾上边的,列江村都能找出"实物",找出理由。朝阳沟风景区请天津大学城市规划设计研究院做了景区的整体规划,以"太行山水情,戏剧《朝阳沟》"为主题开发,这一规划通过了专家论证。根据规划设计,景区总投资680万元,分两期进行,工程于2005年完成。朝阳沟风景区的建设,开发了旅游业,帮助当地村民脱贫致富,取得了良好的社会效益和经济效益。

2)朝阳沟白酒

白酒作为一种特殊的商品,虽然表面上是一种饮品,但其在社会和文化中的作用远超其本身的物质属性。白酒在许多场合被赋予了丰富的文化内涵,如亲情、友情等情感交流场合,它往往承载着表达理解与尊重、传递热情与展示精神风貌等功能。在社会互动中,白酒还体现了价值认同和个人威望等深层次需求。因此,白酒不仅是一种饮品,更是一种与精神价值和文化意义紧密相连的商品。

白酒的内涵与传统文化有着天然的联系,而且饮用者的需求性多集中在感性消费上,产品同质化倾向极为严重。在产品品质差异空间越来越小的情况下,用独具特色的文化为白酒塑造情感差异来打造市场名牌,就显得尤为迫切而必要,因为这种差异是他人无法轻易仿制的。因此,怎样探索出一条新的文化与产品相结合的路子,已成为欲在白酒界立于不败之地的厂商们研究和解决的当务之急。朝阳沟的本位文化缘起于家喻户晓的豫剧,因语言朴实、唱腔优美而在社会上广为流传,具有良好的知名度和美誉度。因此凭借朝阳沟的文化底蕴开拓出新的白酒品牌,将有助于朝阳沟白酒的长期发展。

总之，无论是朝阳沟酒，还是朝阳沟旅游区，以及其他以此命名的物件，都是依托豫剧《朝阳沟》而发展起来的，通过受众对剧情的兴趣而接受产品的价值。商家也正是利用文化的附加价值来提升品牌资产和维持品牌高溢价能力，使商品在满足消费者物质需求的同时，又满足了精神文化方面的需求，如历史的追溯、心理的愉悦、精神的慰藉、情感的寄托、愿望的具象、艺术的欣赏、美的感受等。

4.《朝阳沟》捧出的童星

八岁的秦梦瑶在河南电视台明星节目"梨园春"里演唱豫剧《朝阳沟》"亲家母"选段，她一个人分饰三个不同性格的角色，将"老太太"的神韵、语言、动作刻画到极致，夺得了当期"梨园春"擂主。她演的"亲家母"飞进了千家万户。她的天分通过《朝阳沟》选段得以充分展现后，引起各方人士注意。由此，河南的小童星开始一步步走向全国。

秦梦瑶曾在中央电视台《综艺大观》《神州大舞台》《周末喜相逢》《欢聚一堂》《大风车》等名牌栏目里出尽风头，与周涛合作主持过《中国第一届家庭文化艺术节闭幕式》大型文艺晚会。中央领导人观看了她的演出后亲切地称她为"小精灵"。她还在 2002 年、2003 年中央电视台全国春节联欢晚会上两度获观众最喜爱的节目二等奖。中央电视台《东方时空》为她做了专题报道，著名表演艺术家袁世海先生还亲自为她题词"前途无限"。秦梦瑶成为一个璀璨的小明星。

剖析秦梦瑶的成功，少不了她在家喻户晓的《朝阳沟》里的出彩表演。她字正腔圆、表情俏皮，把亲家母演绎得活灵活现，配着剧作家设置的精彩对白和优美唱腔，引起观众和专家们的极大兴趣，从而使她脱颖而出。

综上所述，《朝阳沟》在成为一部经典作品的过程中，其生产、传播及广泛影响力的形成，都受到了多方因素的推动，包括其独特的艺术价值和贴近生活的表现手法。关注文本自身内在因素与价值，有着独特的功能与意义。对《朝阳沟》进行文化方面的研究，也再现了中国独特的社会历史风貌。

（六）后现代语境中的去经典化

1. 经典的"大话"命运

20世纪90年代开始，兴起一股经典消费化思潮。在后现代大众消费文化的语境中，人们对传统的经典文本进行改编、戏说，这就是所谓的"大话"文艺思潮。最先出现的是周星驰的《大话西游》，把传统的师徒四人形象世俗化；漫画版的《红楼梦》十二钗一副动画风的少女形象，林黛玉还染上了紫色头发；林长治的《Q版语文》让《背影》里的父亲会唱周杰伦的"快使用双截棍，哼哼哈嘿！"。包括新中国成立后创作的革命文艺经典也难逃被改编的命运，如"大话"版《林海雪原》《红色娘子军》等所谓"红色经典"。"大话"文艺在一定程度上反映了消费主义时代背景下文化经典的多样化接受方式。通过现代声像技术，历史上的文化经典以戏拟、拼贴和改写等形式进行重新创作。这种创作常结合感官刺激与商业元素，如平面图像或轻松幽默的叙事风格。有观点认为，这样的改编是"对传统的经典话语秩序以及这种话语秩序背后支撑的美学秩序、道德秩序、文化秩序等进行戏弄和颠覆"[8]，在挑战经典文本固有权威和传统秩序的同时，也消解了其深度意义和神圣性。然而，在文化多样化的社会背景下，这也体现了新时期人们对经典的一种创造性接受方式，展现出文化经典在多元社会中可能的转化路径。这种现象的意义与影响，仍需在具体的社会语境中加以探讨。

2. 摇滚版《银环同志》

经典文学是主流文化和精英文化的主要表现形态，承担着社会教化的使命，"以天下为己任"，发挥着价值规范导向的功能。它追求对人类、国家、民族生存与发展的终极探索，发掘深邃的人生哲理，表现出严肃崇高的境界与风格。红色经典更不是普遍意义上的经典，这个词语本身就带有太多中国的特色。"经典"前面加上"红色"二字就说明了它的特殊性。文坛上出现的"恶搞"红色经典，严重者可能达到危害国家安全的地步，足以说明红色经典的特殊性。

由《朝阳沟》的经典化过程可看出，它曾参与建构了当时的主流意识形态，具有一定的政治宣教意味。摇滚版《银环同志》的创作者李延亮从当代视角出发，以全新的方式解读作品中的人物形象和情节。他通过音乐表现手法赋予其更多的现代化元素。这种改编形式与当前对经典作品进行创新性演绎的潮流相契合，展现了经典在不同时代背景下的多元化表达的可能性。

在21世纪的消费时代，李延亮根据幼年时期无处不在的《朝阳沟》留下的记忆，"解构"出摇滚版《银环同志》，用时尚华丽的吉他演奏出来，在重金属的摇滚节奏中，在充满动感的摇滚乐中，把红色经典的高尚与神圣解构得分崩离析，给人留下的是一种浮躁和调侃的味道，具有后现代语境中文艺的一种戏谑性美学倾向。

（1）拼贴/移植。拼贴（pastiche）无疑是后现代主义最重要的特征之一，甚至有人在感觉到这一点和"时尚的泛滥，对技术的颂扬"等以后，企图"要寻找可靠的真实性"[9]。何谓拼贴？拼贴就是指"一种关于观念或意识的自由流动的、由碎片构成的、互不相干的大杂烩似的拼凑物。它包容了诸如新与旧之类的对应环节。它否认整齐性、条理性或对称性；它以矛盾和混乱而沾沾自喜"[10]。

音乐的拼贴。在被肆意改编后的重金属摇滚乐《银环同志》中，歌曲作者将传统音乐和现代音乐拼贴在一起，一会儿是粗犷的摇滚乐，一会儿是轻柔的豫剧乐曲，给人一种支离破碎的感觉，消解了红色经典的神圣性和统一性；重金属代替二胡与板胡演奏出的豫剧亲家母的对唱，使传统的戏曲唱腔获得了新的伴奏形式，经典与通俗在这里杂糅一体，现代与传统在这首《银环同志》歌曲中狂欢。

语言的拼贴。整首歌曲的所谓歌词只有两部分，一部分是一句"银环同志"，这句拴保生气时对银环的称呼，被歌曲作者孤零零地放置在音乐的首尾与中间；另一部分便是节选自豫剧《朝阳沟》选段中的一段男女主人公的对白。这些语言元素被歌曲作者突兀地穿插进音乐中来，和重金属乐曲一起构成了新旧合一的一曲《银环同志》，消解了音乐的完整性。戏剧中的对白、摇滚乐及戏曲音乐语素拼贴在一起，达到各种语素的狂欢，打破了时间、地点、文化分类的限制，把各种音乐语言、宏大话语和琐碎话语随心所欲地并置在一起，组成话语大拼盘。

（2）消解意义。福柯在谈到坚持批判乃至推翻现有制度的主张而非以某种理想制度取而代之时，曾这样说："任何社会都需要合理化、秩序、规范等等，都必然是一种权力关系网络。任何替代性秩序在本质上与旧秩序没有本质上的区别，只是形式上的变化。"[11] 摇滚版《银环同志》的目的就是消遣（flirtation），而且甚至要消解一切——化中心、去主体、游戏（playfulness）、追求无深度平面叙事等，瓦解和嘲弄主流文化的严肃性，摧毁经典剧本的根基。歌曲作者从红色经典《朝阳沟》中选取男女主角吵架的一节，这种有意而为之的做法，解构了红色经典教育训导的神圣使命。

银环：（委屈地）我妈的意愿，我个人的前途，我的远大理想，我的一切一切完全放弃，一心一意来为你们服务。

拴保：那俺爹俺娘俺妹妹，全县全省全国农民又是为谁服务呢？

银环：你爹先进，你娘进步，你妹子光荣，你伟大，我跟你比啥咧。

拴保：你这是啥话嘛！

银环：啥话，我想过啦，我还是去考剧团去。

拴保：你是这山望着那山高。

银环：芥末拌凉菜，各人有心爱。

拴保：银环，你到底有啥想法也说说，别尽叫人猜心事好不好？

银环：我不是说了，你伟大，我渺小，你一家人都进步，全国就数我落后。

拴保：你还叫我说话不叫？

> 银环：我又没把你的嘴糊住。
>
> 拴保：你！
>
> 银环：咋？
>
> 拴保：银环同志！
>
> 银环：咦，咦，无聊。[12]

红色经典《朝阳沟》在其经典化的历史中担负着规范人们思想的任务，具有极强的教育意义。在原作中知识青年银环最终接受农民兄弟的教育，克服了个人主义的弱点，为公忘私，投身农村建设，算是改了邪归了正。而在摇滚乐《银环同志》中，引用的不是《朝阳沟》脍炙人口的经典选段，却是"银环同志"挑战农民兄弟，以个人利益凌驾于集体利益之上，为个人的幸福全盘考虑的那段。银环的"小资"思想在剧中的呈现曾被勒令修改。李延亮却哪处都不选，偏偏选取这一段作为音乐背景，这种有意的选择不能不说是一些青年对《朝阳沟》的个人理解和接受。拴保的一句无奈又气愤的"银环同志"不时出现在这首摇滚乐中，这句怒其不争的称呼同样使红色经典中的正面人物失去了原有的规训意义，有种反讽的意味，从而使整首乐曲颠覆了权力话语对民众的训导意义，完全解构了以往著作的崇高性、严肃性和美好性。

（3）游戏。拴保的一句带有吵架腔调的"银环同志"揭开音乐序幕，接着是时而粗重的重金属音乐、时而细柔的戏曲曲调，几次重复后是摇滚乐模拟《亲家母》对唱中的三个人拉家常，城乡民众畅想未来共创美好新农村，一派和睦甜美的景象。欢快的戏曲腔后又是男女的吵架声。如此一副游戏的态度，把红色经典的教育意义随意肢解，随心所欲地把戏曲和摇滚相组合，产生一种光怪陆离的感觉，显示出"消费时代"人们对它的亵玩。

（七）结语

考察不同时代作品的经典化过程与去经典化过程以及不同时期的人们对文学经典的接受方式与阅读态度，就不仅具有文学史的意义，而且也是勘测社会文化史的重要线索。《朝阳沟》作为新中国的一部红色经典，更是浸透了较多的政治权力因素，充斥着政治与艺术的较量与彼此借助。通过对一部红色经典内外部构成要素的探讨，对其形成经典过程和解构经典过程的追溯，我们这里不仅再现了中国社会的风云变幻时期，而且也加深了在多元开放的现代文学研究领域中研究主体对红色经典文本的特殊性认识。

首先，把《朝阳沟》放置在中国1958年以后的历史背景中，对其生产、传播及接受等方面进行动态的研究。探讨它是怎么产生的：是作家纯粹的个人创作还是在当时的文艺生产机制下"机械化"生产出来的？当时的文艺生产机制又是什么？为什么要进行这样的生产？为什么能进行这样的生产？这类作品的发表、传播渠道又是什么？受众又是由哪些人组成的？这一系列的问题有助于我们理解一部具有中国特色的红色经典是如何形成的。本章从《朝阳沟》的生产、传播、文本自身的艺术魅力及影响力等方面探讨了红色经典的经典化过程。

其次，当一部深深打上时代烙印的红色经典发展到今天，在后现代的语境中，在改编红色经典的热潮中，《朝阳沟》的红色经典地位受到挑战，其神圣性受到反叛者的解构，即后现代主语境中的去经典化，由此呈现出在文化传统的历史变迁中，以及当下多元文化背景中经典的命运遭际。

最后，作为一部现代戏的红色经典，它的命运变迁，不仅反映了中国政治、文化及人们思想各方面的变化，也饱含着戏剧业在中国的兴衰之原因，内含现代戏不可逆转的悲剧性因素。

注释：

[1] 黄会林语，见《与影视专家谈红色经典》。原载《今日中国》，参见中国网 2004 年 7 月 12 日。

[2] 1958 年 3 月 5 日《文化部关于大力繁荣艺术创作的通知》，载《中国戏曲志·北京卷》，文化艺术出版社，1993 年版。

[3] 许欣、张夫力：《杨兰春传》，大众文艺出版社，2003 年版。

[4] 刘芝明：《为创造社会主义的民族的新戏曲而努力——1958 年 7 月 14 日在戏曲表现现代生活座谈会上的总结发言》，载《中国戏曲志·北京卷》，文化艺术出版社，1993 年版。

[5]《大力提倡现代剧——祝华东区话剧观摩演出开幕》，载《解放日报》社论，1963 年 12 月 25 日。

[6]《中国戏曲志·江西卷》，文化艺术出版社，1993 年版。

[7]《武林旧事·元夕》转引自施旭升：《中国戏曲审美文化论》，北京广播学院出版社，2002 年版。

[8] 陶东风：《"大话文化"与文学经典的命运》，载《中州学刊》，2005 年 7 月第 4 期。

[9]〔英〕安吉拉·默克罗比著，田晓菲译：《后现代主义与大众文化》，中央编译出版社，2001 年版。

[10]〔美〕波林·玛丽·罗斯诺著，张国清译：《后现代主义与社会科学》，上海译文出版社，1998 年版。

[11] 刘北城编著：《福柯思想肖像》，北京师范大学出版社，1995 年版。

[12] 许欣、张夫力：《杨兰春传》，大众文艺出版社，2003 年版。

第二章

当代艺术的定义和特点

第一节　当代艺术概念

当代艺术起源于 20 世纪后期至 21 世纪初,是对传统艺术的一种反思和革新。它的出现是在大规模全球化、科学技术不断发展和社会变革加速的背景之下。当代艺术承载着对当代社会、政治、经济和文化等方面的思考和表达,是艺术家对当下现实的直接反映。

当代艺术形式多种多样,包括绘画、雕塑、摄影、装置艺术、影像艺术、行为艺术、观念艺术等。与传统艺术相比,当代艺术更加注重实验性和激进性,突破了传统艺术形式的束缚。艺术家们通过多种媒介和技术,以多元化的形式来表达自己对社会、生活和人类经验的观察和思考。

当代艺术的核心思想在于对当下社会现实的揭示和反思。艺术家们通过艺术表达来探索现代社会的问题和挑战,包括全球化、消费主义、科技进步、身份认同等。艺术家们通常以批判、讽刺、反叙事等手法,以艺术作品所具有的独特语言和形式,来反思和质疑现实,引发观众对社会问题的思考。

当代艺术与经典艺术在表现形式、表达内容和审美观念上存在较大差异。经典艺术强调传统文化和美学的继承与变革,追求稳定、经典的价值观，并以传统艺术形式为载体；当代艺术更加关注现实问题，它以多样化和实验性的形式表达对当代社会的思考和批判，突破传统艺术的束缚。

随着时代的变化，在大众文化潮流的影响下，当代艺术品走入日常生活，呈现日常生活审美化之趋势；当代前卫艺术努力拓展自身的疆界，力图将艺术融入日常生活的各个角落。在这种"艺术生活化"的趋向中，艺术与日常生活的界限变得日渐模糊，呈现审美日常生活化之趋势。经典艺术也在大众文化的戏谑冲击下有了新的表现方式。数智时代的来临，当代和经典艺术美学领域又会出现新的机遇和挑战。

总之，当代艺术是在现代社会背景下产生的一种对传统艺术形式和审美观念的反思、创新，具有跨学科、多媒体的特点，以及对当代社会问题的深刻思考和批判。与经典艺术相比，当代艺术更加注重对当下社会现实的直接表达和反思，为经典艺术带来新的发展契机。

第二节　案　例　研　究

一、传统水墨元素在当代设计中的审美研究[①]

水墨艺术属于中国画范畴，作为中国独有的一种绘画形式，它以水、纸、墨为主导媒介，讲究墨和墨色变化的技巧，由于笔中含水墨量的差异，便产生干、湿、浓、淡的变化。以墨代色，产生了墨分五色的说法，即焦、浓、重、淡、清，而每一种墨色又有干、湿、浓、淡的变化，也有加"白"的，合称"六彩"。变化丰繁的墨色或浓或淡，或疏或密，在白色的画纸上

---

① 本节此部分原文《传统水墨元素在当代设计中的审美研究》于2011年1月荣获"河南之星"设计艺术大赛优秀学术论文二等奖。

产生色彩丰富的画面效果。中国传统画家注重对画面空白处的处理。清朝书画家笪重光于《画筌》中有言："计白当黑，用墨微茫，以一当十，虚实相生，寥寥数笔意尽形全。"产生的墨象具有流动感和气韵节律，阐释出虚实和气韵，赋予了生命和精神，这是水墨区别于其他艺术的独特之美。墨与水的交融调和，浸渍丰富，生出悠远豁达的意境。尤其是写意水墨画更是中国画中最具特色的画种，它对笔墨情趣的强调，对意象"似与不似之间"的追求，用一种抽象的形式来传递传统中国文化的哲学理念，带来一种大气、古朴、灵动的艺术效果。传统水墨画成为中国精神的载体与文化符号，反映着中国人特有的审美理想与趣味。

设计与艺术孕育于同一母体，它们有相似的形式语言和思维方式。长期以来，艺术源源不断地为设计提供着形式语言和图像资源。但是在工业文明兴起之后，设计从"美的艺术"（fine arts）中分离出来，成为"实用的艺术"或技术（useful arts），设计师和艺术家分裂成两个群体。虽然设计与艺术仍同属于造型艺术范畴，但前者更倾向于技术层面，这是"design"一词的衍生义，是我们今天对"设计"的基本定义。设计承担了更多的社会功能，具有明确的功能性与目的性，从艺术学工具演变成社会学工具之后，逐步形成了一些与艺术相对立的特征：设计偏爱物质，艺术则关注精神；设计面向更广大的社会群体，艺术则强调个性；设计有时效性，艺术则具有持久性。

但是，设计与艺术的分离状态在 20 世纪后期已经有了改变。在日益全球化的今天，物质世界的千篇一律带来了单调乏味，人们开始追求设计作品的个性化。无形中，世界五彩缤纷的民族文化最能成为设计作品中的个性元素。设计与艺术出现了再一次融合的趋势。此外，随着时代的发展，艺术与新材料的结合、绘画与多媒体的结合、装置与声光电的嫁接已成为现实，艺术进入广大民众的日常生活中，设计与艺术的融合势在必行。

在国际舞台上，如何保留中国的声音、凸显中华民族的特色？当代的设计师们开始把目光投入最能体现中国传统文化的水墨绘画形式中。现代设计与传统水墨的连接，使传统水墨艺术在当下获得更广阔的发展视野；

同时，也使实用的水墨设计得以承载丰厚的文化内涵，在国际舞台上凸显中国的民族特色。民族的才是世界的。设计师运用传统水墨元素呈现现代设计理念，技术与艺术，传统与现代，互相融合、相互借鉴，使水墨设计呈现出多层次的审美追求，成为中国文化的视觉符号之一，反映出中国人的哲学思想，传达了中华民族一种独有的审美品格与艺术精神。

（一）中国文化身份的表征

中国绘画是成熟而独特的民族艺术形式，其中最具形式特征、最能表现中国传统艺术精神的就是水墨艺术了。作为中国最为传统的艺术形式，水墨画在古典艺术阶段就已经达到了艺术上的最高造诣，无论是笔墨的技巧、意象符号，还是流派体系、观念理论，都有了系统的表述方式和欣赏模式。

中国水墨艺术因其独特的表现形式和深厚的文化内涵，在全球化背景下具有一定的传播力和影响力，作为一种广泛传播的艺术形式，其与中国文化有着紧密的联系。水墨艺术在国际视域的传播与接受，更多地体现了其作为一种独特艺术形式的国际影响力和文化价值。作为中华民族文化的精粹和代表，它在面对外来文化的冲击和渗透的历史时刻，能够自觉地担当起传承和保卫的义务，体现了中国人作为个体对中华民族整体的归属感，自然成为维系社会稳定和文化积累的基本力量。

正是因为水墨艺术具备独特文化身份上的体认，在当下越来越国际化的世界舞台上，为了保持独特形象，设计师们开始运用水墨元素设计作品，让水墨元素成为他们思想的表达方式与语言。

在服装设计界，水墨这个中国元素被服装设计师们巧妙运用，具有中国元素的礼服越来越受到女星们追捧，中国风礼服在红毯上展现出东方女性特有的典雅韵味。水墨画以笔法为主导，充分发挥墨法的功能。

墨荷，是历来中国文人墨客笔下咏诵和着墨的经典意象，"出淤泥而不染，濯青涟而不妖"，在中国艺术史上具有丰富的文化内涵。釜山国际电影节的红毯上，明星所着"墨荷"裙把中国风演绎得恰到好处，水墨将墨荷笔触渲染在轻纱之上，盛放的荷花一枝独秀。

梅花凌寒独自开，为文人雅士所爱。君子以之比德，并形成梅花文化艺术，是中国画的表现题材。柏林电影节明星所着"踏雪寻梅"裙，在国画梅花外笼罩着一层薄纱，仿佛一幅淡雅的"薄雾梅花图"，行走间，冷色的梅花、飘逸的薄纱显得十分灵动。

含有中国水墨元素的礼服，呈现了时尚与古典完美结合的中国风，把传统和现代更好地衔接起来，把中国风推向全球，向全世界展示东方特有的美。

（二）"天人合一"的和谐之美

庄子《齐物论》有曰"天地与我并生，而万物与我为一"，强调人与天地的和谐，以期达到一种高度的和谐之美，即"天人合一"的艺术境界。中国的建筑讲究风水，风水在文化层面上也是强调"天人合一"的和谐之美。地域性的建筑，其材料、风格等都与当地的自然环境、人们的生活习惯息息相关。中国古代的园林建筑体现自然、淡泊、恬静、含蓄的艺术特色，有移步换景、渐入佳境、小中见大等观赏效果，体现出中国"天人合一"的文化内涵，这是中国古代园林独树一帜的最大特色。

建筑设计界的世界级大师——华裔建筑师贝聿铭，亦强调天时、地利、人和的和谐关系，并将它赋予审美的内涵，达到了一种高度的艺术心灵涵养所至的艺术境界。

贝先生在苏州亲自设计了一个博物馆新馆。新馆位于苏州古城北部历史保护街区，与拙政园和太平天国忠王府毗邻。该建筑在建立之初，曾有破坏古代建筑文物之争议。于古老文化名城苏州建新馆，如何与周边古建筑和谐共存，且能体现当代风格，成了国内外人士的关注点。

　　新馆外观以江南建筑传统的粉墙黛瓦为基本元素，色泽清新淡雅、赏心悦目。在整体布局上，博物馆巧妙地借助水面，与紧邻的拙政园、忠王府融合起来，相互借景、交相辉映，成为拙政园、忠王府建筑风格的延伸及其现代版的诠释。新博物馆屋顶设计构思来自苏州传统的坡顶景观——飞檐翘角，再加上精致的建筑细部。然而，贝聿铭没有简单地复制传统屋顶。不仅仅是形似，采用现代材料建成的灰色坡顶更是一个简化了的几何形，金属灰色和部分玻璃屋顶结合，与石屋顶相互映衬。贝先生采用了金属遮阳片和相当传统的木作架构。这样的百叶窗式的顶部隔层处理，控制、过滤进入展区的太阳光线，既让自然光穿过玻璃屋顶射入博物馆内部的活动区域，为博物馆的展区提供了照明，又避免了阳光直射的影响。通过屋顶过滤，室内光线就会富有层次变化。白色和灰色的广泛使用，使得整个博物馆好像一幅水墨画一样。

　　主庭园在造景时吸纳了古典园林精髓，池塘、假山、曲桥、亭台、松柏，错落点缀，别开生面。侧厢有座古朴的茅草屋，曰墨戏堂，呈列明式条案、文房四宝；壁悬字画，格子木窗，透出满眼秀竹，情趣无限。在新馆里徜徉观赏，移步换景，有种随着水墨长卷缓缓展开，一步步走进画里的感觉（图1）。

　　贝聿铭把他明亮、注重几何构图的个人风格与苏州的古老文化结合起来，在保持建筑现代性的同时，又体现了苏州风格，使新馆建筑传统与现代并存、西方文化与东方文化和谐共生，为中国指出一种新的建筑方向——其精神渊源于中国，但看起来又是现代的。

（三）静虚之气

　　老庄哲学影响着中国人的审美境界。老子以清静为天下正，提出"致虚极，守静笃"原则；庄子亦有"虚静恬淡、寂寞无为"之论。老庄哲学

(图1)

要求克服杂念,排除外界干扰,保持清明平和状态;唯此,才能悟道,产生出超常的智慧,使心灵无拘无束,逍遥自在。静虚之气被历代文艺理论家所推崇。在中国水墨画中,大量留白所产生的恬淡虚静,亦符合道家的至高之境界。

中国水墨画艺术经过千百年的艺术积淀,在"道"的层面积淀出独有的审美品格和艺术精神。水墨艺术强调含蓄和优雅的表达,是文人雅文化的视觉符号,其中融入了很深的道家思想与禅宗思想,因此传统水墨也成了中国乃至东方的艺术精神之载体。

设计师在运用水墨元素设计作品时,对意境的把握,也成为中国设计作品历来追求的重要审美目标。

中国服装设计师劳伦斯·许把中国元素作为设计理念和设计风格,为走出国门的女星设计出一款"踏雪寻梅"的礼服。在柏林电影节,中国女星身着白色古典曳地长裙,风韵雅致,同时也流露出中国古典文化内涵。

裙子里层绘有国画梅花和一首卢梅坡的《雪梅》("梅雪争春未肯降,骚人阁笔费评章。梅须逊雪三分白,雪却输梅一段香。"),书法与梅花合二为一,融合在一起。礼服整体呈"A"字形,前襟薄纱大开,微露墨梅,时隐时现,这种动静结合、扑朔迷离的感觉,正应了"踏雪寻梅"的"寻"字。所以说一件礼服所传达的不仅仅是漂亮而已,还要有一种意境,增加人物的灵动和气韵。

"踏雪寻梅"前面是抹胸裙,后面是帅气的书法,里面是梅花。冰清雪洁,全部浑然天成,颇具清雅古典的东方神韵就此显露。中国水墨服饰再配以飘逸长发、高挑身姿,可以说,中国女星在国际舞台上将中国女子的古典之美演绎得形神兼备,传达出含蓄清幽的意境来。

劳伦斯·许把中国的元素与西方的裁剪结合起来,让明星们在国际电影节红毯上身着中国元素服饰征服世界,展示出东方神韵,传播中国独特的文化艺术之美。

水墨设计在当下还有一种误区,以为只要在设计中加入水墨元素就会使作品具有了中国文化、具有了艺术审美并浸润人们的心灵,其实这只是一种简单的照搬、形式上的模仿。设计师要有真正的思考,要有自己内在的语言。郑板桥认为眼中之竹不同于胸中之竹,胸中之竹不同于手中之竹。在设计上想要运用好水墨元素绝非一日之功。香港著名设计师靳埭强在设计中加入了许多中国化的东西(图2),如中国古钱币、水墨元素、儒家文化,最终在国际上走向成功。他的成功不是因为中国元素的简单拼贴,是因为他有丰富的中国文化底蕴和一流的设计意识,使他的平面设计作品与观赏者之间由内而外地进行着思想交流和心灵共鸣,这样设计出来的作品自然而不做作地流露出东方文化气韵,从而感动民族、感动世界。水墨无论在古代或者现代,都存在着一种永恒的韵味,那就是对空间的运用,虚实相生的关系,阴阳的关系,这些都非常值得设计师去好好思考。

(图2)

当然，设计与艺术在当代的紧密结合，还兼备着一个向外的功能指向。靳埭强非常重视设计师的职业精神。漂亮的设计不一定是最好的设计，只有适合企业和产品的设计，充分传达企业和产品所要表现的文化的设计才能称得上是好的设计。

《昆曲六百年》片头50秒，是江苏电视台全力打造的栏目包装。昆曲是我国最有代表性的古老戏曲剧种之一，是多种古典艺术高度综合的代表性剧种。《昆曲六百年》是一档反映昆曲文化、弘扬民族艺术的大型纪录片。为了更好地表达昆曲所代表的内涵，向人们展示昆曲的艺术魅力，《昆曲六百年》在片头的风格上，没有过多地采用一系列光与影的元素，而是将3D、2D场景完美结合，融入中国传统水墨的元素，加上戏曲人物、庭院、飞雁、扁舟、荷花、水塘等中国文化元素，放置在宣纸背景上，呈现出一幅幅中国水墨画的场景，含蓄雅致，韵味十足，使栏目包装既有怀旧感又不失个性风格。整个片子大气、舒服，再加上柔美的音乐配合，更加提升了昆曲的文化和韵味。

制作公司提供了两个模板的作品，一个是图3，制作公司对外宣传常用这一部。另一个（图4）则是放置在宣纸背景上，简洁淡雅、体现文人雅趣的作品，最终被栏目制作方选中。

（图3）

所以说，当设计师找到传统水墨与当下语境的契合点之后，在谋求发展的同时，也不能忘记设计师的职业功能。设计作品时充分考虑服务对象

(图4)

的特殊性，使作品传达出企业和产品所要表现的文化，这样的设计才能称得上是好的设计。

传统水墨元素在当代设计中的审美研究，不仅是对水墨艺术的传承和发展，更是对中国文化的赞美和传播。通过水墨与设计的融合，我们可以感受到传统与现代的碰撞，审美的多元化和创新的可能性。虽然在融合过程中依然存在挑战和问题，但无论是水墨的内在文化底蕴还是设计的外在表现，它们都体现了水墨设计的独特魅力和服务价值。因此，我们有理由相信，在未来，水墨元素将继续在当代设计中发挥重要的作用，为我们带来更加美好、丰富和深入的审美体验。

拓展学习：

1. 王受之．世界现代设计史［M］．北京：中国青年出版社，2002．

2. 李泽厚．美的历程［M］．北京：生活·读书·新知三联书店，2009．

3. 李砚祖．视觉传达设计的历史与美学［M］．北京：中国人民大学出版社，2000．

4. 靳埭强．眼缘心弦：靳埭强随笔［M］．上海：上海文艺出版社，2002．

5. 王序．靳埭强平面设计师之设计历程［M］．北京：中国青年出版社，1999．

6. 黄治成．对设计与水墨的双重解构——解读"第五届深圳国际水墨画双年展·设计水墨"［J］．画刊，2007（1）．

7. 张晶．现代平面设计中水墨设计的艺术表现与审美分析［J］．艺术与设计，2008（6）．

二、郑州都市村庄民间娱乐文化的审美化研究及方向性引导[①]

（一）前言

日常生活的审美化成为当下社会与文化的突出变化，艺术活动的场所超越与大众的日常生活严重隔离的高雅艺术场馆，深入大众的日常生活空间。目前日常生活的审美视域集中于大都市的一些场所及其文化现象，如街心花园、城市广场、购物中心、商品交易会、健身房、咖啡馆、音乐厅，乃至环境设计、城市规划、居室装修，以及现代社会的广告、流行歌曲、时装等。享受并生活于其中的主要是大都市里的中产阶层人士，与广大民众的普通生活的关系并不密切。在城市发展过程中，都市风景中仍然保留着一座座都市村庄。这些村庄在都市文明的包围下，以独特的生活方式和消费模式展现着自身的身份特征，将城市与农村的元素交织在一起，形成了一种独特的文化景观。

本篇调研报告采用田野调查的方法，以城镇化中新兴群体的民间娱乐文化为审美研究对象，审视他们的精神与情绪世界，发掘其中的民俗魅力。这不仅具有拓展审美领域研究的理论意义，为促进社会主义精神文明的和谐发展提供理论支持，在实践上，还有利于引导都市村庄新兴群体在城市化进程中更和谐地与各种文明共存，加强政府对这一群体文化消费的引导。

对都市村庄民间娱乐文化的审美化研究，是以一个新的思路和视野，引入民俗概念，使"日常生活"拓宽到"民俗生活"，从而开拓了当下日常生活的审美化研究领域，增加了对都市村庄居民这一特殊阶层的关注，使审美真正进入大众的日常生活空间，解决以往在讨论日常生活审美化时过于关注城市中产阶层以上的流行时尚而忽略了普通民众日常生活的偏颇之处；同时，都市村庄民间娱乐文化作为社会主义文化的有机组成部分，对

[①] 原文《郑州都市村庄民间娱乐文化的审美化研究及方向性引导》为河南省教育厅人文社会科学研究项目阶段性成果，2012年5月，证书编号：2012-QN-0148。

这一城市化发展中产生的新群体的关注，将有利于更全面地建设社会主义精神文明。

（二）都市村庄群体的界定

本章以郑州多个都市村庄为例，把民众的民间娱乐活动纳为审美研究对象，从庙会、健身娱乐、电子类游戏、美容美发、婚丧嫁娶、宠物、节庆娱乐等七个方面的活动，探讨都市村庄居民的审美与文化领域的消费，高雅与低俗并存，发掘其中的民俗魅力，以此审视都市村庄居民的精神世界与情绪世界，发现审美趣味选择、消费选择与选择者的日常生活、社会定位之间的内在联系；同时对低俗文化消费的存在提出提升与改造的对策，使城乡文明和谐共存，共创新时代的社会主义精神文明。

都市村庄是中国从农业社会向工业社会急速转型过程中"地方建构"（place-making）的过渡性产物，它是在很多城市的城乡接合部出现的、已转变为以从事工商业为主的村落，是城市地域扩张的一种自然延伸。它既像是古老历史的遗物，又像是快速城市化过程中新生的活体，在传统与现代、落后与文明的共处中达到共生。我们这里论及的都市村庄，一是处于繁华市区、已经完全没有农用地的村落，如姚寨、燕庄、庙李等；二是处于市区周边、还有少量农用地的村落，像杨庄、张家村等。

在居民构成上，有两个泾渭分明的阶层——以租赁房屋为主要生计的有村籍者和打工谋生的无村籍者。前者的收入主要来自三个方面：村社的分红、房屋出租收入和经营劳作收入；后者的收入几乎全部来自经营劳作，即我们通常所说的白领与蓝领。不少"城中村"的"村民"完全靠分红和房屋出租收入过着悠闲的日子，成为新型的"租金食利阶层"。本地村民们自视为"城中村"里的上层。本地村民与外来打工人口在这种较为封闭的生存空间里，也会发生一定的交互影响，在娱乐上会互有渗透。我们这里主要针对本地村民文艺民俗中的娱乐文化消费进行探究。

（三）娱乐文化消费项目

1. 庙会

庙会，又称"庙市"或"节场"。早期庙会仅是一种隆重的祭祀活动，随着经济的发展和人们交流的需要，庙会在保持祭祀活动的同时，逐渐融入集市交易活动，有商人贩卖民间玩具和小食，这些活动中的商贸气息随着群众性、娱乐性的加强，使庙会成为中国集市贸易形式之一。根据人们的精神生活需要，庙会上又增加了娱乐性活动，庙会成为中国地方民众的一种传统民俗活动，涉及宗教信仰、商业民俗、文艺娱乐等诸多方面。这是由各地的历史地理条件、民俗传统和人们的审美标准决定的。各地的庙会又各有其特点，在若干方面各有侧重，这就形成了各种庙会互不相同的生活美，但都分别表现了当时当地条件下人们认为的最美好的生活方式。

（庙会期间的糖人摊）

民俗是一个国家或民族中被广大民众所创造、享用和传承的生活文化，庙会就是这种生活文化的一个有机组成部分，它的产生、存在和演变都与老百姓的生活息息相关，反映着民众的心理和习惯。

作为传统中国民众生活的典型侧面，庙会及其历史引起了学界关注。庙会中普通民众成为最活跃的主体，根植于民间土壤的各种庙会活动以各种形式呈现出来。在斑驳的庙会生活棱镜中，遵循特定社群规则的社群生活通过实态运作，将庙会中的信仰、交换和休闲诸因素融为一体，在内外世界和层际社会的互动中不断地变轨。

庙会上有与文化娱乐有关的节日活动，有各类民间艺人进行的民间表演。其中主要有：地方戏（如河南的豫剧）、扁担戏（如木偶戏）、相声、双簧、魔术（我国古称"幻术"，俗称"变戏法"）、数来宝、耍中幡、秧歌、高跷等。

庙会上的玩具市场最为花哨。在民间儿童玩具摊上，摆满了假面、戏剧木人、小车、刀矛、竹龙，还有时下流行的卡通人物玩具。庙会中的民间玩具种类繁多，制作精巧，件件都称得上是传统手工艺佳品。空竹、扑扑登、走马灯、鬃人、吹糖人、画糖人、塑糖人、面塑、九连环、拨浪鼓等传统手艺数不胜数。

卖玩具的方法有多种。例如：

（1）套圈。摊主在地面摆一些玩具，值钱的在远处，价廉的在近处。顾客从摊主手中买下竹套圈，在规定位置把圈掷出，套中何物，何物就归自己。

（2）摇彩。置一带指针的木盘，盘内放玩具若干。顾客花点钱，按下按钮启动指针。指针停止运行后指向什么玩具，该玩具就归顾客。

（3）打枪。置一立柜，柜上有若干小门，门内分别装有玩具，门口都设有靶子。顾客向摊主购买软木子弹（有的地方已发展为激光扫描），用枪击靶。如击中，小门自动开启，里面的玩具便归顾客。

庙会上有各种饮食摊、货摊，以及助兴的各类游乐项目和杂耍曲艺表演。庙会中典型的小吃、商品以及娱乐活动主要有糖葫芦、豌豆糕、爆肚、风车、兔爷、套圈、射击、音乐小摇椅、蹦蹦床和特价书等；后来，随着经济的发展，来自全国各地的小吃也都融入庙会，如羊肉串和牛肉丸等小吃也十分受欢迎；表演则为搭台唱戏、旱船、秧歌、舞龙舞狮、现代舞、武术、杂技等。由此，庙会形成以民俗文化表演为主的活动。至于庙会形式改不改革、上不上新项目，主办者似乎并不特别在意。当然，也有一些庙会着手进行改革与创新。近年来，随着时代发展，古老的庙会亦增添了不少新内容，如借庙会之机洽谈生意，还有的请戏剧名人出席庙会，以打出本村的知名度，带动本村的经济发展。现如今庙会集旅游观光、休闲娱乐、购物餐饮为一体，具有鲜明的传统民族特色。

杨庄，一个坐落于黄河边的古朴落后小村庄，随着郑州北大学城的开发与建设，彻底改变了杨庄村的环境面貌和村民的生活方式。

富裕起来的都市村庄人对一年一度的庙会的关注度仍是一如既往。"会"在当地人的意识里拥有和春节一样的重要性，亲朋好友在这天穿着盛装，提着礼品从各个地方赶来串亲戚。作为东家，要做一顿丰盛的午餐和下午餐款待远方来的客人；之后，客人们去固城逛街购物享受庙会的乐趣。

搭台唱戏是人们庆祝庙会的节目之一，发展起来的都市村庄仍旧保留着这个习俗。随着经济水平的提高，他们对聘请剧团和主角的要求也日渐提高。

村小人少的杨庄和近邻固城在农历二月十五日共有一个庙会。2011 年的庙会，杨庄村花重金请来了戏剧界的名角：杨花瑞与王善朴夫妇，任宏恩与崔玉荣夫妇，等等。他们为村庄居民带来了精彩的戏曲片段与小品。庙会门口，老少戏友们围个水泄不通，争相一睹往日只有在电视上才能看到的名角风采。在北大学城占据地理优势的杨庄，从此拉开了与固城争夺会头的架势。与此类似的还有毛庄和木马村。

在庙会这一天，村里小学放假一天，孩子们拿上大人们给的压岁钱，可以畅游庙会，大方地购买玩具，玩各种游戏。

时尚的青年男女们喜欢在这喜庆轻松的环境里来往交友，享受青春的快乐时光。

当然，现代都市里的传统庙会在展示当地民俗的同时也带来了一些问题，比如交通问题。现以姚寨为例来说明。

随着郑州城市规模的扩大，姚寨从一个传统的村落变身为一个繁华都市里的村庄，经过改造，已经成为办公、居住、文化、艺术、娱乐、商业

(都市"村民"逛街购物,来源:中新网)

融合的城市文化商业中心。这里的庙会年年举办,在延续传统习俗文化、丰富百姓生活的同时,也带来了交通问题。

地处郑州繁华地域的姚寨村,农历三月二十三日会迎来一年一度的大庙会。主要分布在姚寨路和红旗路两条街道上的姚寨庙会,叫卖声不断,买家卖家把道路挤得水泄不通。场景年年如此。与此同时,令附近居民和来往车辆头疼的堵车难题也年年上演。从早上开始,附近几条主要交通道路都出现了拥堵的情况,十字路口焦急的汽车鸣笛声不断,公交车无法通行,只好临时改线。

城镇化的脚步加快,都市村庄的生存空间正逐步缩小,已经没有摆戏台、唱大戏等传统文化表演项目,只存在和延续着庙会中商品售卖的集贸形式。因为村庄庙会摆摊不收任何费用,来逛的人又多,所以郑州很多摊贩都乐意来,他们人手一本庙会谱,哪里的都市村庄有庙会,他们就会提前去占地方摆摊。

由于商贩流动性大、商品缺乏监管,除了造成道路拥堵等问题,还给伪劣假冒产品提供了销售场地,给城市建设与管理增添了些许烦恼。这也成为目前的都市村庄庙会带来的新问题,是否取消都市村庄的庙会引起热议。

随着姚寨村的拆迁与居民的搬迁,发起庙会和来逛庙会的人不再都是姚寨村的人。随着城市化的深入发展,庙会作为融祭祀、贸易、交际、娱乐为一体的民间习俗和载体也可能随着文化承载者的离开而在城市化中消亡。

2. 健身娱乐

都市村庄的改建，改变了旧有的农村居住景观。一排排整齐划一的都市居民楼，替代了一家一院的传统居住环境。在杨庄、陈寨等新建的示范小区里，健身器材分置在不同的街道上，闲暇时分，总有人在小区里锻炼身体。晚上小区的大门口出现了集体性健身活动，中老年妇女呼朋引伴，扭起秧歌，舞起团扇，打起腰鼓，伴着欢快的节奏，成为街头一道迷人的风景。一个业余的跳舞班，在老师的带领下欢快地跳着民族舞和健身操，从未登台演出过的家庭妇女们在众多围观者面前翩翩起舞，引得一些老头也情不自禁地加入她们的健身行列。

荡秋千一直是民间流传最广的娱乐活动。在都市村庄的健身器材里，还保留了这个项目。把绳子拴在牢固的铁杆之上，多是孩子们轮番上阵，一人推、一人荡，忽高忽低，围观的人们加油助威，秋千越荡越高、越荡越欢，欢声笑语不断。

放风筝。"草长莺飞二月天，拂堤杨柳醉春烟。儿童散学归来早，忙趁东风放纸鸢。"这是清代高鼎《村居》诗中对放风筝的描绘。放风筝是民间最受欢迎的健身娱乐活动之一，每当草长莺飞的四月，在都市村庄附近闲置的空地上，总会有"城里人"与村庄人放飞风筝，健身怡心。

瑜伽、肚皮舞及其他各种现代舞的馆社打出诱人的招牌，吸引的主要是年轻的社会群体。

女人们对舞蹈更为青睐，男人们则对下棋情有独钟。年纪稍长的男人围坐在一个室外棋桌前，下棋者与观棋者都乐在其中。

简易的台球厅是年轻男人们光顾的地方。24小时营业的健身活动，将雅与俗融为一体，吸引了众多年轻男性，他们将其视为时尚与潇洒的象征。这种通宵达旦的娱乐方式展现了"年轻"生活的特点。

打纸牌、打麻将是都市村庄人日常休闲娱乐的方式。亲朋好友聚会，大家不论输赢都会娱乐一把。

旅游。随着都市村庄经济的繁荣，旅游不再是城市人的专利，荷包渐鼓的都市村庄居民也开始有了旅游的意识。有的旅游活动是当地管理部门从集体盈利中拿出一部分来资助的，有的则是居民自己掏腰包支持的。但是，由于长期受节俭习惯的影响，都市村庄居民更倾向挑选价格便宜的旅游团。

3. 电子类游戏

信息化时代的来临，增添了都市村庄的游戏娱乐项目。游戏厅、网吧成为都市村庄娱乐一景，昏暗的游戏厅里，居住者和租住者乐此不疲；网吧里的电子游戏让人们消磨时光；网聊，把不同时空的人们汇聚一起，扩大了都市村庄人的交往视野，改变了传统相亲方式。居民们在享受电子游戏的同时，管理问题仍然存在。游戏厅与网吧的环境监管、黑网吧的取缔、未成年人禁止涉足网吧等更需政府部门加强管理，以营造出健康的电子娱乐环境。

在都市村庄，网上看电影与在录像厅里欣赏影视并存。和都市人去电影院里欣赏电影相比，网上录像厅因为价格低廉而更受都市村庄民众欢迎。网上电影与录像厅里的电影种类较多。电影院里对播放的影视有严格控制，但对网络和录像厅的监管有待进一步完善。

卡拉OK厅，是青年们下班后或节假日的休闲聚会场所。吃吃饭、唱唱歌，人家聚在一起乐一乐。卡拉OK厅作为交流感情之地，深受年轻人的欢迎。

4. 美容美发

健硕的体格和黝黑的皮肤不再是都市村庄人的审美追求，这也为美容院在都市村庄里长期生存提供了可能。美容院里提供的美体瘦身、美白服务等深受人们的喜爱。一度为白领人士所青睐的美容院,已不再是小资情调的代表,有余钱的都市村庄人开始涉足其中,在促销员的热情推销中"豪迈"消费,之后可能也会留下稍许浪费钱财的懊悔。

5. 婚丧嫁娶

重男轻女的思想在一些都市村庄人的心中根深蒂固,一个男丁的降生,带来的是一个家族的荣耀。

成人后的嫁娶仪式体现着传统与现代的融合。在家庭大院或是村落专门保留的空间里,都市村庄人请来置办酒席的公司提供全套的宴席服务。礼仪公司的司仪主持新人的婚礼,对长辈的尊重与对新人的祝福贯穿其中,把婚礼的气氛推至高潮。年轻人在闹洞房中嬉笑欢闹,年长者拿起锅灰之类的东西涂抹新人父母的面部,祛除日常的严肃,人们在婚礼中狂欢,带着村庄人的民俗特色。也有时尚新人在酒店里举办喜宴,白色婚纱与旗袍在席中展示,一场无异于地道都市人的婚礼正在进行着。赴宴者拖家带口,孩子的笑闹声与喝酒的酒令声此起彼伏,哄抬着热闹的婚礼气氛。

丧事隆重,为的是充分展现后人对已逝者的孝敬。搭灵棚,繁杂的哭灵仪式必不可少。晚上吹响器,是操办丧事的必备节目。往往有两个以上的响器班竞相表演,有唱戏的、耍丑的,迎合了某些观众的审美趣味。

民间艺术从形式到内容都具有一定的原始性和粗糙性,具有自由自在的文化风格和相对活泼的表现形式,能比较真实地表达出民间社会的生活面貌和底层民众的情绪世界。在其发生、传承的过程中,表现出原始性与现代性并存的文化品格。它能在发展的过程中自觉不自觉地吸纳一些现代艺术甚至后现代艺术的表现手段,如随机性、解构性、拼贴、戏仿等。但是,其自然主义倾向却越来越严重,出现缺乏美学自觉和形式创造的非艺术行为,其中有一些现象毫无艺术美感可言。所以,民间娱乐艺术从形式到内容都存在着正确引导的必要性,这样才能促进中国社会主义精神文明的健康发展。

吹响器作为民间艺术文化，其生存发展中固然需要内容与形式上的不断革新，以适应现代社会民众的精神需求，但是不能以迎合民众的低级观感需要为导向。它必须通过艺术升格而得以扬弃和重新整合，使其在保有民间文化的活泼性的同时，完成从低级到高级的品质升华。

民间文化都需要经历一个艺术升格过程。在我国，从原始祭祀到《九歌》，从唐宋传奇到元杂剧，从明代"说书"到《三国演义》《水浒传》，从四大徽班到京剧形成，从莲花落到评剧，从采茶调到黄梅戏……在西方，从中世纪假面剧到莎士比亚，从意大利即兴喜剧到莫里哀，从美国哑剧到卓别林……可以说，整个世界文学艺术史就是一部民间文化艺术升格的历史，也只有通过在内容与形式上的不断艺术升格才能让日趋衰落的民间艺术更好地传承下去。

6. 宠物

狗在农村家庭中担当养家护院的任务，所以转型期间的都市村庄人对养狗仍有一种独特的情感。闲暇时分看斗狗表演成为围观路人的独有乐趣。驯狗也成为他们的日常爱好。在城市化建筑的社区里时常看到狗的身影，狗随地大小便，成人儿童被野狗咬伤……随着政府对宠物饲养严加管理，给狗狗上了各种证件，给宠物定期体检、洗澡，成为都市村庄人新养成的习惯。

刚进入城市楼群生活的村庄人，有个别人家会在防盗网栏杆处挂上一鸡笼或者在一楼空地上圈养上几只鹅，夏天禽类粪便的味道常常引起周遭人们的不满。在管理员的干涉下，村民的生活、娱乐方式必然会在城市化进程中日渐改变，终将融入城市文明之中。

7. 节庆娱乐

在中国传统的节日里，人们有一系列的庆祝活动迎接节日的来临。围绕节日产生的这些活动形成了中华民族传统的节庆文化，其中带有娱乐性质的传统节庆分为喜庆类节庆和社交类节庆。

喜庆类节庆以庆贺丰收，欢庆人畜两旺、吉祥幸福为主题，形成喜庆的连续性或系列化。比如春节，除了宗教祭祀类祭神、祭祖等节庆民俗外，还有一系列的喜庆民俗活动。如张贴春联和年画、燃放鞭炮和烟花、张灯结彩、敲锣打鼓、杀猪宰羊、吃"合家欢"宴、守岁拜年，以及扭秧歌、跑旱船、踩高跷、逛庙会等等，至今仍然是人们喜闻乐见、人人参与的活动。

社交类节庆，大都具有联欢游乐的性质，其主要内容是歌舞等游艺娱乐活动。这类节庆中的娱乐民俗与前述年节（春节）中的文娱活动，虽然有形式上的叠合而无法加以严格区分，但年节中的文娱活动以喜庆丰收、迎接新岁为宗旨。这里所说的社交类节庆以加强个人与社会的社交和友好往来为目的。如清明节踏青、重阳节登高，以及猜灯谜、"走月亮"、放风筝等众多节庆民俗，都具有十分浓郁的社交娱乐色彩。由此衍生出来的风筝节、登山节等新型节日活动，其传递友情和增进彼此了解的目的就更加明显和突出了。

在郑州的都市村庄里依旧保留着一部分传统节庆娱乐活动，并随着时代的进步，增添了一些新元素。

（1）春节。其另一名称叫"过年"。这是中国最大、最热闹的一个传统节日，而且庆祝活动持续很长一段时间，在不同地方具有不同的民间特色。郑州都市村庄对春节仍旧非常重视。为庆祝新年来临，人们很早就开始了一系列的准备工作，就像河南民谣里说的一样：二十三，拍小边（烧饼）；二十四，扫房子；二十五，磨豆腐；二十六，割块肉；二十七，杀只鸡；二十八，贴花花；二十九，灌壶酒；三十，包饺子；大年初一，骡马闲一日。虽说做烧饼和磨豆腐已不再重要，但是依然体现出春节的吃喝玩特色。

在大年的除夕，各家各户包饺子，第一碗要小辈端给自己家族里的长辈，以示尊老。大年三十除夕夜，痛痛快快喝酒、吃饺子、放鞭炮，初一就到处"串门"、互相拜年了。春节饭桌上简直无酒不欢，初一中午12点以后，各家各户变成了酒场——一年不见，不喝几杯总是说不过去的。走在路上你会感受到，划拳声，声声入耳；劝酒声，声声不绝。一到晚上，大街小巷到处是跌跌撞撞的人群，三个一帮、五个一伙，分外亲切。一边走还一边放着鞭炮，热闹至极。

在迎接新春的到来之际，人们穿着节日盛装，相互拜年、道贺祝福，说些恭贺新春、恭喜发财、恭喜过年等吉利祝福的话语，非常热闹。不再稀罕吃喝的年轻人则去市区公园里看灯游园，享受青年人的休闲娱乐。

（2）元宵节。农历的正月十五是中国的传统节日——元宵节。正月是农历的元月，古人称夜为"宵"，所以称正月十五为元宵节。元宵节又称为"上元节"，也称"灯节"。正月十五的夜晚是一年中第一个月圆之夜，也是一元复始、大地回春的夜晚，人们对此加以庆祝，也是庆贺新春的延续。在皓月高悬的夜晚，儿童们欢喜地点起彩灯万盏，与玩伴们一起挑灯游玩。稍年长的燃鞭炮放焰火，喜猜灯谜，其乐融融。若赏灯活动规模很大，盛况空前，除燃灯之外，还放烟花助兴。

还有的人举家去公园看灯展。公园里摆设着光彩夺目的现代灯具，它们采用声、光、电等现代技术，其中许多会走会动、会唱会说。诸如火箭灯、鱼吐水灯、羊抵头灯以及"孙悟空三打白骨精""二龙戏珠""抬花轿""七品芝麻官""灰太狼与喜洋洋"等。四方百姓，争相观灯，灯节之盛况，空前未有。

灯节期间是民间歌舞最活跃的日子。以妇女为主组成的各种娱乐活动组，有打鼓的、扭秧歌的、划旱船的、唱戏的，男人则以舞狮子、耍龙灯为主参与活动，在热闹的民间气氛中以特有的民俗活动庆祝中国传统节日。

元宵节是城乡重视的民俗大节，生活在城市的"都市村庄人"利用都市的公共资源，与自身保留的传统节庆方式相结合，体现了他们所特有的文化习俗。

（3）正月十六。郑州人把农历正月十六视为过年的结束，非常重视，俗称"十六（lu）儿"又称"游六（lu）儿"，即在十六日上午去郊游踏青。"踏青游百病"，尤为妇女所喜爱，她们穿红着绿、三三两两，到野外"游百病"，以"将晦气掷之外边"。这种习俗发展到现在主要是出去逛街游玩。在这天的晚上，郑州市一直保持着举办大型放焰火的习惯，设专门的燃放点。为保护大批游人出行安全，主要交通要道机动车辆全部禁行，方圆几百里的人们在各个方位，都可看到灿烂如花的空中焰火，共享节庆的欢乐。

（4）"二月二"龙抬头。农历二月初二是民间传统节日"龙抬头"，这起源于中国远古时期人们对龙的崇拜信仰，把龙视为管雨水的动物神。由于想象中的龙能腾云驾雾，于是认为龙能给人带来祥瑞，其来到人间便可以化身为帝王天子，所以人们将皇帝称为真龙天子。直接借助龙的形象举行求雨活动的最早记载，见于西汉董仲舒的《春秋繁露》。书中提到舞龙求雨的活动。在汉代画像石上也刻有"戏龙"的舞蹈场面。这些都可以看作后世耍龙灯的滥觞。

唐人已把农历二月初二作为一个特殊的日子，说这是"迎富贵"的日子，在这一天要吃"迎富贵果子"，就是吃一些点心类食品。宋代宫廷在这一天也有专门活动。宋人周密在《武林旧事》中记述南宋时，二月初二这一天宫中有"挑菜"御宴活动。宴会上，在一些小斛（口小底大的量器）中种植生菜等新鲜菜蔬，把它们的名称写在丝帛上，压放在斛下，让大家猜。根据猜的结果，有赏有罚。这一活动既是"尝鲜儿"，又是娱乐，所以当时"王宫贵邸亦多效之"。不过，唐宋时的这些"二月二"活动并没有和"龙抬头"联系在一起。

到了元朝，"二月二"就明确是"龙抬头"了。《析津志》在描述元大都的风俗时提到，"二月二，谓之龙抬头"。这一天人们盛行吃面条，称为"龙须面"；还要烙饼，叫作"龙鳞"；若包饺子，则称为"龙牙"。总之，一切都要以龙体部位命名。

农历二月初二，除了是龙的生日，也是土地爷的生日，旧时各家各户都要到土地庙祭拜。光拜土地还不行，还有一个风俗是进香祭神。二月初二，男男女女额上贴了金字，骑上毛驴相继来到庙中烧香，寄予美好的愿望，希望得到神仙的眷顾。名为到庙上香，实则踏青郊游。《岁华纪丽谱》记载："二月二踏青节，初郡人游赏，散在四郊。"

中国的传统节日发展到今天，在现在的郑州都市村庄里还保留着各种传统文化活动。"二月二，龙抬头，孩子大人要剃头"。在二月初二这天，理发师早早开门，不用出门迎接客人，客人自然蜂拥而至。

这一天还有吃炒豆子的习惯。家里大人把黄豆炒开花,给孩子们吃,带到学校互换,嬉笑品尝,看谁家的手艺好。

而舞龙闹春也成了二月初二最为流行的娱乐活动。舞龙这项具有中国传统文化特色的活动在现今社会也备受关注。村民自己组织的舞龙表演队团结一致,舞动着自己的身体及龙的身躯,神采奕奕的飞龙时而腾空而起,时而蜿蜒起舞,把喜悦和吉祥送给各位亲朋乡邻。表演现场,来自附近不同都市村庄的舞龙队成员,身着鲜艳的丝绸服饰,竞相出演,震天的锣鼓敲出人们对节庆的祈愿,飞扬的舞龙则把人们心中的喜悦一"舞"而出。锣鼓队和舞龙队各展才艺,为观众增添了欢乐祥和的节日气氛,不仅弘扬了民族文化,也丰富了都市村庄人的精神生活。

(舞龙闹春)

从中西方的节庆娱乐活动来看,中国的节庆活动以团圆和亲情为核心,往往以家庭或社区为单位,通过走亲访友共享欢乐时光,体现了传统文化中重视亲情与群体凝聚力的特点。在新时代多元文化背景下,这种以家庭为基础的节庆活动已经逐步超越了血缘限制,越来越多无血缘关系的人也能够参与其中,共享团圆与温暖,展现了开放与包容的文化特质。随着城市化进程的推进,流动人口的增加使都市村庄的节庆氛围更加多样化,但都市村庄也面临着节假日人口大量流出带来的社区冷清问题。如何在传统节庆活动中融入更多开放性和互动性元素，吸引不同背景的居民共同参与，是值得探索的一大方向。

相比之下，西方的节庆活动以其开放性和参与形式的灵活性为特点，个体通过参与集体活动能够增强社交体验，缓解孤独感。这种活动形式与中国的节庆文化并非对立，而是提供了一种参考。我国的传统节庆娱乐活动在传承优秀文化的同时，可以进一步拓展活动形式，增强互动性与普及性，吸纳更多人群参与，注重情感交流与文化体验，从而让传统节庆更加符合现代社会的需求，展现多元文化大家庭的和谐美好。

由此，也为我国传统节庆娱乐活动的创新指出了方向：在承继传统文化的同时，还要积极拓展更普及的节日活动类别，增加其普及性，吸纳各种人群，注重增强其情感性，让我们传统的节庆娱乐活动更具亲和力。

（四）娱乐文化消费与社会身份

都市村庄人在消费各种娱乐文化的同时，也彰显着自身的身份与地位。法国著名思想家布尔迪厄把消费文化看作用于连接主观存在与社会结构，联结符号体系与社会空间的重要桥梁，是具体的社会实践。从这一理论中不难看出社会分层与文化实践之间存在的密切联系，即一阶层有一阶层的文化特征与文化取向。因为许多实在的社会阶层结构本身就深嵌在属于它们自己的文化语境中，并以其特有的意义、符号、语言和生活方式表达它们各自不同的实在。民间娱乐文化作为文化构成元素之一，自然也会成为区别人们身份的标志之一，人们能够通过娱乐消费区别个人或群体的身份：你的娱乐趣味透露着你的身份与地位。

都市村庄"租金食利阶层"的出现，使许多村民不再依赖辛苦的劳作。物质财富的增长和闲暇时间的增加，为他们更多参与文化活动和提升生活品质创造了条件。然而，由于经济发展与文化教育资源的分布不均，这一群体的文化消费形式在某些方面体现了自身的独特性。例如，在娱乐方式上，他们更倾向于选择具有地方特色的活动，如搭台看戏，而非现代音乐会。这种偏好反映了他们对本土文化的认同与喜爱。同时，对传统信仰和习俗的尊崇，如宗族观念与民俗信仰，也在都市村庄生活中占据重要位置。这些文化实践展现了都市村庄人的社会背景和生活方式的多样性。在多元文化融合的现代社会，这些文化习惯与城市主流消费形式之间的差异，既是一种特色，也是发展的潜力所在。通过加强教育资源共享和文化交流，能够进一步促进不同文化圈层的融合，展现城市多样化的文化魅力。娱乐审美品位，是惯习沉淀、积累的结果，反映着都市村庄人长久以来的生活条件。惯习是那些居于同一位置的人的"集体无意识"，因此它提供了认知的和情感的导向，使个体能够以共同的方式描述这个世界，并且以一种特有的态度进行分类、选择、估价和行动。惯习营造了品位。作为社会群体的文化符码，品位连接起那些具有相似爱好的人，反映出他或她在社会秩序中的位置感受，同时也将他们与具有其他品位的人群区分开来，以确定他们的不同社会空间位置。在城市文明的熏陶中，由此呈现出都市情趣与乡村品位的共存。

脱离风吹日晒生存环境的都市村庄女性开始模仿城市中层妇女的娱乐消费。美容院里美白护肤、嫩白光子手术、绣眉文唇、按摩瘦身等服务项目广受热捧。年轻人对卡拉OK厅、网吧等新兴娱乐消费的热衷显示出与城市趣味的靠近。这种品位的变化构建出一种新形象与新身份。

都市村庄人在民俗娱乐消费中呈现出一种现代与传统，文明与落后的混合审美趣味，由此建构出他们一种独特的混合身份，既有崇尚时尚娱乐消费的城市人形象，又拥有传统审美品位的乡村人的深层情感。

文化消费既是社会身份建构的手段，也是文化场域内的符号斗争（也就是权力斗争）的表现方式。作为社会主义意识形态下的文化要有社会主义的特色，应该是"科学、文明、健康、和谐"的，在娱乐文化消费中保持民间文艺特色的同时，还要自觉抵制不健康的娱乐活动，以塑造积极向上的、快乐健康的社会主义精神面貌，建立我国社会主义和谐社会。

良好品位的培养在于教育。如社会学理论家甘斯所说，教育除了学校、家庭教育之外，还囊括了大众媒介和许多其他文化资源。由于品位具有向上一层模仿的流动性，所以政府要在学校和大众传播等领域做好教育与宣传工作，另外还要配合相关司法机关对各种违法行为进行严厉打击。在都市村庄建立各种健身娱乐设施的同时，还可以建立小型的图书电子阅览室，开办曾经流行过的夜校以培育都市村庄人的文化素养，拓展他们的就业门路，组织各种健康文娱活动，丰富富裕起来的都市村庄人的精神文化生活。

郑州都市村庄里的"村民"，作为一个独特的新兴群体，随着都市村庄的改制与改造，有些村落在空间上会慢慢消亡，但是作为夹缝里生存的"村民"，由于文化的长期性影响，他们旧有的娱乐消费品位还会保持很长时间。

拓展学习：

1. 〔美〕戴维·斯沃茨. 文化与权利——布尔迪厄的社会学 [M]. 陶东风，译. 上海：上海译文出版社，2006.

2. 沃尔夫冈·韦尔施. 重构美学 [M]. 陆扬，张岩冰，译. 上海：上海译文出版社，2006.

3. 弗雷德里克·杰姆逊. 后现代主义与文化理论 [M]. 唐小兵，译. 西安：陕西师范大学出版社，1986.

4. 迈克·费瑟斯通. 消费文化与后现代主义 [M]. 刘精明，译. 南京：译林出版社，2000.

5. 〔法〕让·波德里亚. 消费社会 [M]. 刘成富，等译. 南京：南京大学出版社，2000.

6. 〔芬〕尤卡·格罗瑙. 趣味社会学 [M]. 向建华，译. 南京：南京大学出版社，2002.

7. 朱立元. 美学 [M]. 北京：高等教育出版社，2001.

8. 高丙中. 民俗文化与民俗生活 [M]. 北京：中国社会科学出版社，1994.

9. 陶东风. 社会理论视野中的文学与文化 [M]. 广州：暨南大学出版社，2002.

10. 王铭铭. 村落视野中的文化与权力 [M]. 北京：生活·读书·新知三联书店，1997.

11. 周大鸣. 现代都市人类学 [M]. 广州：中山大学出版社，1997.

12. 任平. 时尚与冲突——城市文化与结构新论四 [M]. 南京：东南大学出版社，2000.

13. Pierre Bourdieu. Distinction：A Social Critique of the Judgement of Taste [M]. London：Routledge and Kegan Paul，1984.

三、数智时代的艺术美学赏析

（一）引言

随着科技的发展，人类迎来了数智时代——用数据沟通虚拟与现实，让人机共享智慧，数据与智慧结合以赋能未来，艺术领域深受其影响，给艺术创作、传播和欣赏带来显著变化。数智时代的艺术美学赏析成为一个备受关注的话题。本章这里旨在探讨数智时代艺术美学的特点、影响因素及其赏析方法，以期深入理解数智时代艺术的本质、美学的内涵，并为相关研究提供启示。

近年来，随着数智技术在艺术领域的蓬勃发展和广泛应用，新时代的艺术美学也逐渐兴起并迅速发展。数智时代艺术的兴起可以追溯至数码技术的普及和互联网的智能化转型阶段。通过数码技术，艺术创作者能够更加灵活地运用各种媒介，实现作品形式的多样化，使其创新性增强。同时，数智技术的应用也使得艺术创作过程中的信息获取、处理和传播变得更加高效和便捷。OpenAI 的 ChatGPT、百度的"文心一言"等人工智能语言模型拥有超强的信息检索能力、逻辑推理能力、自然语言能力以及文本生成能力，可以人机对话、翻译，根据指令创作文章、文案、画品等。随着人工智能的迭代升级及功能的不断延伸，其应用将对艺术美学领域产生巨大冲击。

数智时代的艺术对传统艺术形式和审美观念产生了深刻的冲击。传统艺术形式往往受到材料、媒介和技术的局限，而数智时代艺术则可以通过数字技术的辅助，创造出更为多样和前卫的艺术表达形式。数字媒体艺术、虚拟现实艺术、交互式艺术、人工智能艺术等新兴艺术形式的兴起，使艺术创作摆脱了传统二维平面的限制，呈现出更加立体、多媒体和互动的特点。

同时，数智时代艺术也对传统审美观念也提出了挑战。传统审美观念常常强调对真实性、自然性和原创性的追求，而数智时代艺术则更加注重科技与艺术的融合和创新。数码艺术、计算艺术、基因艺术、AI 艺术等新领域的涌现，打破了传统艺术的边界，挑战了传统观念审美。

在数智时代背景下，研究艺术美学显得更加紧迫和必要。数智技术的广泛应用使得艺术创作和传播方式发生了巨大变化，传统的美学理论和观念已不能完全适应新形势下的艺术实践。研究艺术美学可以帮助我们深入理解和分析数智时代艺术的内涵和特点，探索数智时代艺术与社会、文化以及人类情感交流的关系，为数智时代的艺术创作提供理论支持和艺术指导，推动艺术教育和创作发展迈向新的境界。同时，艺术美学的研究还能够帮助人们更好地理解和欣赏数智时代艺术作品，提升艺术鉴赏水平，增加审美体验的深度和广度。

因此，在新的时代背景下研究艺术美学具有重要意义和紧迫性，可以为推动艺术创作和传播、促进文化交流与创新、满足人们不断变化的审美需求等方面发挥积极作用。

（二）数智时代艺术的美学内涵和特点

数智时代艺术的美学内涵和特点是指在数字技术、数据分析和智慧赋能的支持下，艺术创作呈现出一种与传统艺术不同的美学风格和特点。以下是数智时代艺术的美学内涵和特点。

1. 数据可视化

数智时代艺术通过将数据转化为视觉元素，以图表、图形或动态可视化方式展示信息。艺术家可以使用数据可视化技术传达信息和感觉，创造出令人惊叹的艺术作品。例如，艺术家 Jer Thorp 创作了一系列以大数据为基础的作品，用颜色和形状来表达数据之美。

2. 交互性

数智时代艺术强调观众与艺术作品之间的互动性。观众可以通过触摸屏幕、移动设备或其他方式与作品进行互动，改变作品的呈现形式、色彩或创造新的体验。

3. 算法创作

数智时代艺术可以通过算法生成或驱动创作过程。艺术家可以使用机器学习、生成对抗网络（GAN）等技术来创造艺术作品，从而赋予作品一种独特的美感。例如，艺术家 Mario Klingemann 使用机器学习算法生成了一系列艺术作品，呈现出独特的风格和美学，并在传统的拍卖行出售他的人工智能艺术品。

4. 跨学科融合

数智时代艺术常常涉及多个学科领域的交叉融合，如科学、技术、工程和数学等。艺术家可以借助科学和技术，将科学概念和数据转化为艺术形式。例如，艺术家 Refik Anadol 借助机器学习和大数据分析技术，将数据转化为影像和音乐的融合，给大众带来独特的体验和感受。

数智时代艺术的美学内涵和特点包括数据可视化、交互性、算法创作和跨学科融合。这些特点使得艺术作品呈现出独特的视觉效果、互动体验和跨学科思维，进一步丰富了艺术的表现形式和观赏方式。

（三）数智时代艺术美学赏析的方法与策略

1. 数智时代艺术美学赏析方法和策略的几个方面

1）数字化观看

通过互联网和移动设备，观看并参与艺术作品的数字展览、虚拟现实展示或在线艺术平台，如在线博物馆、艺术家网站、艺术视频等，以便获得更丰富的艺术资源和体验。

2）AI 技术分析

（1）多维度分析。结合艺术作品的视觉特征、形式结构、色彩运用等多个维度进行分析，利用计算机视觉技术，通过对该艺术作品的图像处理和分析，提取出各种视觉特征（如线条、形状、纹理等），进而分析作品的意境和表达方式。比如，利用计算机视觉技术分析一幅油画作品的色彩运用与构图。通过对作品的图像进行处理，提取出颜色的明度、饱和度等特征，并分析作品中的色彩搭配与构图的平衡程度，进一步了解艺术家的意图和表达方式。

（2）数据挖掘和机器学习。利用大数据分析的方法，挖掘艺术作品背后的数据，并建立相应的模型进行分析和预测。可以通过分析艺术家的创作历史、作品的销售数据等，深入了解艺术家的创作风格和市场趋势。例如，利用机器学习模型分析一位艺术家的创作风格变化。通过对该艺术家多个时期的作品进行数据挖掘和分析，建立一个机器学习模型，由此可以根据作品的特征和创作风格进行分类，进一步分析艺术家创作风格的演变和发展趋势。

3）交互式体验

利用数字技术，创造出与观众互动的艺术作品，可以是虚拟现实、增强现实等形式，让观众更加直观地参与到艺术之中，与艺术作品产生互动和共鸣。

4）社交化分享

通过社交媒体、艺术社区等平台，将自己的艺术观点和感受分享给他人，与他人讨论和交流，从而扩大艺术美学的影响力和共识。

我们可以通过以下案例来更加深入地理解艺术作品背后的美学原理和创作意图，从更多的视角，利用不同的分析方式赏析数智时代的艺术。

(teamLab,《花与人,无法控制但共存——超越界限,一年一个小时》,2017 年。音效设计:高桥秀晃。场景展示作品为《每一面墙都是一扇门》,于 2021 年在迈阿密 Superblue 展出。© teamLab。由 Pace 画廊、纽约、日内瓦、香港、伦敦、棕榈滩、帕洛阿尔托和首尔提供)①

2. 案例赏析

1)虚拟现实艺术的体验案例

虚拟现实技术在艺术中的应用,使观众能够身临其境地感受到艺术作品所传递的情感和意义。通过虚拟现实技术,艺术家可以创造出沉浸式的艺术体验,使观众能够置身于艺术作品的场景中,与作品进行互动和交流,进一步提升其艺术表现力。

当下兴起的沉浸式艺术展就是利用数字化虚拟技术合成并重构世界,通过虚拟空间里的声音、色彩、光影等艺术形式,融合为艺术情境,调动人的情感和感觉,关注个人的内心世界,大众在多重感官的体验中达成了与艺术的互动。科技感、互动性、趣味性是沉浸式艺术展的重要特点,使得近年风行国际的光影艺术展成为热点。梵·高的世界名画、印象派的光

---

① https://www.artbasel.com/stories/immersive-art-kusama-teamlab-superblue?lang=zh_CN。

影艺术借助光影技术，走进更广大的民众中间，实现高雅艺术与大众的连接。

以一个案例说明虚拟艺术的赏析体验。比如，一位艺术家利用虚拟现实技术创作了一幅艺术作品。观众通过戴上 VR（虚拟现实技术）头盔，沉浸式地进入作品的虚拟空间中，自己成为作品的一部分，并与作品进行互动。

在虚拟空间中，观众可以通过手势和眼神的控制，改变作品中的色彩、形状和运动等要素，从而影响作品的表现形式和情感氛围。观众可以选择不同的方式，在虚拟世界中探索艺术家所表达的主题和意义。

通过这种交互式的艺术体验，观众不仅可以感受到作品的美感，还能深入理解作品的内涵和创作思想。观众还可以在社交媒体上分享自己的体验和感受，与其他人交流艺术的美学价值和艺术创作的可能性，从而拓宽视野，提升艺术欣赏的水平。

正是沉浸式的体验效果和交互功能，虚拟现实技术（VR）在美术馆、博物馆、文化旅游等场所、产业中得到普遍使用。沉浸式 VR 以解释性文字、视频或动画等主流技术为基础，把文化数据可视化。通过个人的多感官"体验"，观众更易于理解作品复杂的思想。

2）人工智能生成的文艺作品赏析

（1）画作赏析。

人工智能在艺术中的应用，使得艺术创作更加智能化和自动化。2022 年 8 月，在美国科罗拉多州举办的"数字艺术"大赛上，由 AI 生成的绘画作品《太空歌剧院》斩获冠军大奖。

这幅作品运用了大量几何形状、光影效果和细节纹理，又包含超写实主义元素，具有视觉冲击力的画面把人带入未来太空世界。作品由游戏设计师艾伦创作。他使用 GAN（生成对抗网络）的人工智能算法来生成这幅作品，展示出人工智能在艺术创作领域里的巨大潜力，同时也给更多的人探索艺术创作提供可能。

(《太空歌剧院》)

（2）诗歌赏析。

人工智能仿照张若虚的《春江花月夜》创作的诗歌：

江上春风一片愁，游子身心寄故乡。花月夜中思归意，绣户微开泪婆娑。

渺渺行云如此情，万里长空遥相送。波心明月垂陈迹，浩渺江水怀乡思。

莺啼燕语叩心弦，故园山水入梦魂。归来尽折忆家曲，触景伤情泪潸然。

春江无尽思乡苦，念归情深难言语。愿借花月传心意，饱凝离恨寄思念。

这首诗虽然是 AI 创作的，但是能够模仿张若虚《春江花月夜》的风格和意境，表达游子思归的情感。整体上，诗歌运用了描绘春江、花月夜和游子思乡的意象，展现出游子思乡的愁苦和对家乡的深深思念之情。句子之间传递的情感流露出浓厚的离愁别绪和乡愁之情，其描写细腻而感人。不过，与孤篇盖全唐的原作相比，AI 创作的诗歌还是有一些差距。有些诗句的表达欠缺一些生动和巧妙的修辞手法，诗意上稍显平淡，不能做到诗情、画意、哲理融为一体，显得缺乏灵魂和思想深度。考虑到这是 AI 创作而非人类创作，能够达到这样的水平已经相当令人惊叹了。总体来说，AI

创作的这首诗还是具有一定的诗词风韵和情感表达的，展现了 AI 在创作上的潜力和进步。

（3）视频赏析。

文本转视频的 AI 创作软件层出不穷，某些视频作品效果不凡。现在我们以 AI 文本转视频的应用实例来说明。

（AI 文本转视频）

在文本框输入文字，详细描述视频场景：

  一名时尚女性穿过东京街道，路灯下闪烁着温馨的霓虹灯和城市标牌。她身着黑色皮夹克、红色长裙和黑色靴子，拎着一款黑色手袋。戴着太阳镜，嘴唇涂抹着亮红色口红，她步履自信而又优雅。街道潮湿且倒映着彩色灯光，形成了一片镜面般的效果。众多行人来来往往。

没有传统制作视频的必备要素——麦克风、摄像机、演员或工作室，人工智能把人的想法直接生成了 1 分钟左右的视频场景。如镜面般的地板能照出人和灯光的影子，路边的行人脸部被高倍放大后能清晰看到五官的模样；随着空间的移动和旋转，视频中出现的人物和物体会保持与场景的一致性移动。可以看出，人工智能模型已能够依据人的创意模拟现实世界的场景。

2024 年 3 月，全球首部完全由 AI 生成的银幕长篇巨作在洛杉矶首映，此片原为卡梅隆执导的经典科幻片《终结者 2》，现由 50 名 AI 领域的艺家率领团队成员翻拍创作,历时3个月。从预告片来看,还存在很多瑕疵,"山寨版"气息浓厚,人物机器感强烈,AI生成的场景粗糙,但是AI的介入对影视创作未来发展带来了更多可能性。随着文本生成视频模型的日趋完善,影视行业将会迎来巨大改变。

通过对数智时代艺术作品的研究和分析,如数据可视化艺术、人工智能创作等,发现它们与传统艺术美学在创作原理、审美标准上存在一定的联系和区别,体现了数智时代对于艺术的新要求和新挑战。

(四)数智时代艺术美学的意义与前景展望

在数智时代背景下,艺术美学在数字技术和智能算法的影响下发生了显著变化,具有重要的意义和广阔的发展前景。

首先,数智时代艺术美学对于新的审美价值观有着重要的影响。数字技术和智能算法的应用使得艺术表达形式更加多样化,同时也打破了传统的审美界限。通过数智技术的辅助,艺术家可以创作出更加个性化和多元化的作品,满足不同群体的审美需求。这种审美的多元化不仅拓宽了人们的审美体验,还为艺术的社会功能提供了更多的可能性。

其次,数智时代艺术美学改变了艺术创作和表达方式。数字技术的快速发展使得多媒体艺术、虚拟现实等新的艺术形式得以涌现。艺术家可以利用智能算法来生成艺术作品,通过将数据和算法融入创作过程,实现艺术与科技的结合,打破了传统艺术表达方式的局限性。这种创作方式的转变不仅为艺术带来了新的表现力和创新精神,也丰富了观众的观赏体验。

展望数智时代艺术美学的未来发展,我们可以提出以下可能的研究方向和关注点:

(1)数智时代艺术美学的深入研究。可以从艺术作品的生成机制、创作技术和意义传递等多个角度进行深入研究,探究数字技术和智能算法对艺术美学的影响和作用。

（2）数字文化与艺术教育。可以研究数字文化对艺术教育的影响，探索如何通过数字技术和智能算法提升艺术教育的效果和创新能力。

（3）面向用户的个性化艺术体验。可以通过数据分析和个性化推荐算法，为观众提供更加个性化的艺术作品推荐，满足不同人群的审美需求。

（4）审美茧房与破茧[①]。互联网与数字技术的发展全面导致了大众品位的私人化，制造出了"审美茧房"。私人化的大众品位与技术发展的"合谋"，形成了新形式的社会区隔，令身处审美茧房中的每一个人，在大数据的推送中日渐丧失对超出自己趣味范畴的文化艺术形式与文本的包容，并有可能将审美的排异诉诸网络暴力。日后，如何"破茧"也会成为数智时代艺术美学发展的关注点。

数智时代艺术美学的重要意义在于打破传统的艺术界限，推动艺术创作方式的创新和多样化，为观众带来更加丰富和多元化的艺术体验。展望未来，数智时代艺术美学的发展将会在科技和艺术的交织中不断探索，为艺术领域带来更多新的可能性和发展空间。

（五）结论

我们这里旨在探讨数智时代背景下的艺术美学赏析，并对该领域的研究进行了综合的分析和总结。

随着数智时代的到来，艺术在数字技术的支持下呈现出新的表现形式和创作手段，使得艺术创作变得更加多样化、自由化；同时，数字化媒介的出现也开辟了新的艺术表达空间，受众与艺术作品之间的互动性增强。数智时代艺术美学的核心是数字化与感性共生，数字技术既不是对艺术的完全替代，也不是简单的辅助工具，而是与艺术紧密结合的一种新的表达方式。在面对数智时代艺术作品时，观众需要具备数字素养和感性鉴赏力，

---

① 常江，王雅韵. 审美茧房：数字时代的大众品位与社会区隔 [J]. 现代传播（中国传媒大学学报），2023（1）：102-109.

也需要关注艺术作品的技术逻辑和艺术创作思路，以更好地理解和欣赏其中的美学价值。

关于数智时代艺术美学的意义与前景展望，我们认为数智时代的到来将进一步推动艺术与科技的融合，为艺术创作提供更多可能性。同时，数智时代也需要人们重新思考艺术的意义和价值，以及艺术美学在社会发展中的角色。

以上我们对数智时代艺术美学的研究进行了系统的探讨，从不同角度阐述了数智时代艺术的特点和赏析方法。然而，我们的探讨在实证数据方面有待更多的实践支持。

总之，数智时代为艺术美学研究带来了前所未有的机遇和挑战。我们应当紧跟时代的发展，不断拓展研究视野和方法论，深入探索数智技术与艺术美学的互动关系，推动艺术教育和艺术创作的创新发展。

拓展学习：

1. 李彦宏. 智能革命：迎接人工智能时代的社会、经济与文化变革 [M]. 北京：中信出版集团，2017.

2. 〔德〕伽达默尔. 哲学解释学 [M]. 夏镇平，等译. 上海：上海译文出版社，2004.

3. 〔法〕Pierre Bourdieu. 区判：品味判断的社会批判 [M]. 邱德亮，译. 台北：麦田出版社，2023.

第三章

文化视野下的艺术流变

第一节 经典与当代艺术流变及影响

在不同的文化背景下，经典与当代艺术之间存在着一种相互影响和相互转化的互动关系。一方面，经典艺术作品的存在为当代艺术提供了创作的参照和借鉴，艺术家可以通过对经典作品的解读和再创作，赋予当代艺术以新的内涵和意义；另一方面，当代艺术也能够对经典艺术进行颠覆、批判和重新解读，从而推动经典艺术的发展和演变。

艺术流变是指艺术形式和风格的变迁和演化过程。艺术流变不仅仅是艺术作品形式上的改变，更涉及社会文化变迁的影响和反馈。艺术流变可以反映社会的价值观、审美取向和文化需求的变化。在文化背景下，艺术流变对社会文化变迁产生了深刻的影响。一方面，艺术作为文化的一部分，通过艺术流变，可以呈现出社会的历史、文化和社会问题。艺术作品通过表达和反映社会现象，引起观众的思考和共鸣，从而推动社会的进步和变革。另一方面，社会文化的变迁也催生了艺术流变。随着社会的发展和变化，人们对艺术的需求和审美趣味也在不断变化。艺术家通过对社会文化的敏锐观察和理解，调整艺术创作的方向和形式，以满足观众的需求并与时俱进。

综上所述，经典与当代艺术在文化背景下存在着相互影响和互动关系。

通过艺术流变，艺术作品可以反映社会的观念和价值观变化，推动社会的进步和变革。与此同时，社会文化的变迁也催生了艺术流变。艺术流变在社会文化变迁中起着重要的作用，丰富了文化的内涵，促进了社会的发展。

第二节 案例研究

一、中西比较视野

——文化视角下《盗梦空间》与《枕中记》《南柯太守传》的比较分析[①]

美国诺兰的《盗梦空间》被称为是一部"发生在意识结构内的当代动作科幻片"。"意识结构"是现代文学的专业术语，在作品中指的是梦境，而且指向了多层梦境。层层梦境穿梭，作品以其极具想象力的空间，给观众打开了梦境之谜。其实，文学中对梦境的涉猎，中国自古就有了。沈既济的《枕中记》和李公佐的《南柯太守传》是中国的唐代传奇，在梦中经历富贵荣辱，一觉醒来顿感人生虚无，表现了"人生如梦"的主题。以上三位作者横跨两个国度、近千年的时间，却创作了在进入梦境的手段、梦境的现实指向、梦中的时间观、现实与梦境的混淆等方面同中有异、异中有同的作品。

（一）进入梦境的手段

中外的这几部作品都涉及借助外力进入梦境，但具体手段却各有不同。

---

① 原文《文化视角下〈盗梦空间〉与〈枕中记〉〈南柯太守传〉的比较分析》发表在《山花》2011年第7期，第118-119页。

《盗梦空间》里利用高科技的梦境分享装置，对梦境实现精密的控制，大家可以聚在一起做梦，在梦里享受美妙的时光。故此，科布拿到这个装置后跟着爱妻摩尔一起做梦，这个梦境极其美丽奇幻，二人在属于自己的童话世界里待了整整50年。

在人们所知的各种意识状态中，梦境是防御机制降到最低的一种状态，只有借助深层的梦境，才能真正完成思想改造。新盗梦小组的目标是费舍尔，他是齐藤竞争对手的儿子。齐藤希望在费舍尔脑内藏下一种想法，以让他改行，从而避免他把他父亲的公司发展成能源行业的垄断企业。要做到这一点，他们必须进入第三层梦境。而要进入更深层的梦境，盗梦小组就必须采用特殊药物。在造梦机和麻醉药的作用下，盗梦小组成员进入费舍尔的潜意识里并植入一种想法。

中国的文学作品里，进入人的梦境多是依靠一种神奇的力量。神怪小说里常有的，是借助神仙的灵异能力进入人的梦境。《枕中记》记载的"黄粱一梦"是神仙吕翁给卢生一个枕头，借助这个青瓷枕头，卢生在梦中度过了荣辱一生。《南柯太守传》中，东平人淳于棼在一株古槐树下梦入槐安国，成为国王的驸马，任"南柯太守"二十年，与金枝公主生了五男二女，荣耀一时。后来因与檀萝国交战，吃了败战，金枝公主亦病死，淳于棼最后被遣送回家，醒来后发现"槐安国"和"檀萝国"竟都是蚁穴，历历如现。

可见，在美国的科幻影片《盗梦空间》里借助的是他们一贯的高科技手段，由此进入人的意识结构。中国古代的"黄粱一梦"或是"南柯一梦"都是借助神灵的力量，在梦中游历，浮华一生。

（二）梦境的现实指向

人的意识分为三层，由浅入深，分别是意识、前意识和潜意识。意识是人脑能控制的，潜意识是完全不受人主观控制的。人在做梦的时候，其实是潜意识对一些人的愿望的释放。潜意识开始活跃的时候，人正在睡梦之中。人们很早就发现了现实生活与梦境之间有着千丝万缕的联系。

《盗梦空间》中，盗梦人通过潜入人的梦境，本着商业目的，植入其思想，以影响他人现实生活中的作为，这部影片就是围绕着这样一个目的展开的。富商齐藤希望不留任何痕迹地给费舍尔植入一个理念，那就是解散其父亲一手创建的公司。如果成功，费舍尔将"自愿"做出一个违背本意的选择，也就是说，男主人公科布需要在梦境里，为费舍尔的潜意识做出一些修改，让他觉得自己应该解散公司。在梦境中，费舍尔到他父亲病床前，听他父亲诉说着他的"真实意愿"：原来他的父亲希望儿子去开拓自己的天空，而不是追随自己的脚步。当费舍尔在层层梦境中不断死去而回到现实后，意味着植入思想成功，他将在现实中实施被改造过的潜意识里的意愿。

相对照之下，《枕中记》和《南柯太守传》创作者沈既济和李公佐都是官场之人，仕途上很不得意。沈既济为官不足两年，即因党争株连被贬；进士出身的李公佐官小职卑，四处漂泊。本着儒士理想不得实现的愤恨，两位作者通过梦境强烈地干预现实生活，借助传奇痛快淋漓地表达着自己对现实的不满、失望、无奈，最终由"兼济天下"走向"独善其身"。

《枕中记》中，卢生先娶崔氏女，后中进士，亦屡次升官，直至宰相，被封燕国公，子孙满堂，享尽荣华富贵。一觉醒来后才知是一场梦。如书中记录：

> 卢生欠伸而悟，见其身方偃于邸舍，吕翁坐其傍，主人蒸黍未熟，触类如故。生蹶然而兴，曰："岂其梦寐也？"翁谓生曰："人生之适，亦如是矣。"生怃然良久，谢曰："夫宠辱之道，穷达之运，得丧之理，死生之情，尽知之矣。此先生所以窒吾欲也。敢不受教！"稽首再拜而去。

《南柯太守传》中淳于棼做了槐安国的驸马，凭着姻亲关系，得官得爵，权倾国都，一朝战败，公主谢世，落得被驱逐的命运。梦醒后："生感南柯之浮虚，悟人世之倏忽，遂栖心道门，绝弃酒色。后三年，岁在丁丑，亦终于家。"

两位主人公在梦境中经历荣辱、穷达、得丧、死生，得以在尘世中以出世的态度对待功名利禄，做到无为、无欲、无求，让世人明白一切不过为"黄粱一梦""南柯一梦"而已，奉劝"后之君子，幸以南柯为偶然，无以名位骄于天壤间"。

古今中外的人们都发现梦与现实有着一定的联系，希望通过梦境改变现实。正如《盗梦空间》科布所说："一个简单的想法，比如说'你所在世界仅仅是个梦境'，可以像寄生虫一样依附在大脑上，慢慢成长发育，最终控制住你整个大脑。这就是我为什么早就知道思想注射是可行的原因。"科布通过植入思想来干预现实，中国的古人则通过梦中经历启示作品中人看破俗世、淡泊名利。

（三）梦中的时间观

中外的梦境都关注到了一个时间观的问题。人在做梦的时候时间过得特别慢，所以梦境里的时间长度，是现实生活的 20 倍，而梦里还可以继续做梦，那就是 400 倍，如此循环，在梦境里生活，其实是另一个角度的长生不老。在不同层次的梦境中，时间的流逝是不一样的，深一层大概是浅一层的 20 倍。外面很短暂的时间在你所处的梦境里可能就是几十年，《盗梦空间》里的男女主人公在自己的梦中流连忘返地待了 50 年。

盗梦小组为了在费舍尔脑内植入一种想法，从而避免他把他父亲的公司发展成能源行业的垄断企业。他们必须进入第三层梦境。每下一层梦境，其时间流速会慢 12 倍，现实中的 1 分钟相当于梦中的 12 分钟以上。服用镇静剂后，这个数值大约变成了 20；按照这个公式，第二层梦境的时间流速又是第一层的 20 倍，也就是现实生活中的 400 分钟。以此类推，他们要完成任务，在飞机上沉睡 10 个小时，达到第三层，那就意味着要在第三层待上 10 年左右。听起来这是一段漫长的时间，但是正像中国《枕中记》中的"黄粱一梦"那样，只用了蒸小米饭的一会儿工夫，他们就在梦里度过了悲欢离合的半个多世纪。《南柯太守传》淳于棼梦中娶妻生子,"守郡二十载",醒来时,朋友的脚还没洗完。这正是:梦中一世,现实一瞬。

(四)现实与梦境的混淆

《盗梦空间》诡异的层层梦境给人带来的哲学感觉就是庄周梦蝶。庄周梦见自己变成蝴蝶,正如《庄子·齐物论》里所说:"不知周之梦为蝴蝶与,蝴蝶之梦为周与?"作为认识的主体的人不能区分真实与虚幻。

《盗梦空间》里利用造梦机和药物造成多层梦境,使人分不清是梦境还是现实。摩尔做了50年的梦,不忍离开。醒来之后,精神有些恍惚,觉得这世界不是真的,一定要死一次,醒过来。旋转的陀螺成了科布夫妻俩辨别真与幻的图腾:它在梦境中会一直旋转,而在现实世界中则会停下来。其实每一个盗梦者为了不落入别人设计的梦境并保有分辨现实与梦境的能力,都需要一个只有自己知道的图腾。它在现实和梦境里呈现出的物理状态完全不同。例如:亚瑟的骰子是灌铅的,在梦境中它像正常骰子那样可以掷出任意点数来。但在现实中,每次掷骰子都只可能是亚瑟知道的那面朝上。这样就能把梦境和现实区分开。阿里阿德涅的国际象棋棋子也是如此,她掏空了棋子内部,让棋子重心不在中央,于是棋子在现实世界中倒下时不会像普通棋子那样滚动,而是始终稳定地倒向一边。

思维上注重分析的西方人,在《盗梦空间》中追求的仍是力图分清梦与真,就像男主人公的妻子问:"你知道什么才是真实的吗?"男主人公答:"罪恶感。"科布在梦中一直保持着清醒。

然而,在《枕中记》和《南柯太守传》的"黄粱一梦""南柯一梦"中,作者更想表达的是人生如梦,梦境也完全是浓缩版的现实人生。正因为梦中经历如同现实一样,所以才能给主人公以警醒的作用。是梦抑或现实,实难辨。而《南柯太守传》中主人公醒后又按图索骥,寻访到槐下洞穴,但见群蚁隐聚其中,积土为城郭台殿之状——与梦中所见相符,在现实中印证着梦境。以此也反映出中国人的天人合一、物我两忘的整体观。

由上可见，横跨时空的中外三部作品，在刻画梦境时，在进入梦境的手段、梦境的现实指向、梦中的时间观、现实与梦境的混淆等方面同中有异、异中有同。

拓展学习：

1. 〔美〕克里斯托弗·诺兰．盗梦空间［M］．胡坤，译．兰州：甘肃人民美术出版社，2010．

2. 汪辟疆．唐人小说［M］．上海：上海古籍出版社，1978．

3. 〔奥〕弗洛伊德．释梦［M］．孙名元，译．北京：商务印书馆，1996．

4. 程国赋．唐五代小说的文化阐释［M］．北京：人民文学出版社，2002．

5. 庄周．庄子［M］．长春：吉林文史出版社，2004．

二、中国文化视野

——从《枯木竹石图》管窥苏轼的"诗画本一律"[①]

诗和画属于艺术的两种不同样式。诗,用语言和音节创造灵视的形象,达到抒情言志的目的。画,用线条和色彩描写视觉的形象,达到状物抒情的目的。在中国传统文化的浸润里,中国古代诗歌与绘画在艺术探索的进程中,消解了时间艺术与空间艺术的对立,走上了相融与相通之路,诗画之间建立了亲密联系。

(苏轼《枯木竹石图》)

苏轼较早提出了"诗画本一律"的观点,直接建立了诗画同构关系。他在《书鄢陵王主簿所画折枝二首》中写道:"论画以形似,见与儿童邻。赋诗必此诗,定非知诗人。诗画本一律,天工与清新。边鸾雀写生,赵昌花传神。何如此两幅,疏淡含精匀。谁言一点红,解寄无边春。"苏轼在诗中道出了一个很重要的美学见解,那就是"诗画本一律",提示出画和诗这两种不同形态的艺术,存在着一种"无形"的"相通",即体现在艺术物质形态之外的审美、艺术风格、构思手法,以及艺术家对人生、对历史、对宇宙的感悟等深层关系。

[①] 原文《从〈枯木竹石图〉管窥苏轼的"诗画本一律"》发表在《洛阳师范学院学报》,2010年第3期,第146-148页。

作为文人画理论的最早倡导者和创作实践者,苏轼提出的"诗画本一律"不仅将绘画提高到了和诗歌创作等同的艺术地位,同时也利用诗歌在中国传统文化中的优势地位促进中国画追求文学趣味,使绘画文学化,进一步推动了诗画两种艺术的相融相通。

正如苏轼的同道孔武仲在《东坡居士画怪石赋》中所写:"文者,无形之画;画者,有形之文。二者异迹而同趣。"现在我们试以苏轼的《枯木竹石图》为例,结合他的诗文创作与文论,体味中国诗画间的"无形"之似。

(一)豪放之气

看苏轼的《枯木竹石图》,首先为他那豪放的绘画笔法所吸引,其画法一反常规,"剔枝用行草法得参差生动"。枯木屈曲盘折,用笔迅疾,气势雄强。画心枯淡盘旋,墨色变化多端。飞白为石,楷行为木,随手拈来,自成一格。"败毫淡墨信挥来,苍莽菌蠢移龙蛇。"苏轼化书法的笔法入画中,用笔墨写意,表达胸中的盘郁之情。线条简单、粗略,一挥而就,画得爽快,具掀舞之势,气韵由笔墨而生,笔意纵横间,豪放之气尽显。

作为北宋著名文学家、书画家、诗人的苏轼,诗词感情豪迈奔放,胸襟开朗洒脱,开创了词的豪放一派。广为我们所熟知的是,俞文豹在《吹剑续录》中记载,东坡在玉堂日,有幕士善歌,因问:"我词何如柳七?"对曰:"柳郎中词,只合十七八女郎,执红牙板,歌'杨柳岸晓风残月';学士词,须关西大汉,铜琵琶,铁绰板,唱'大江东去。'"东坡为之绝倒。该段文字形象地描绘出苏轼的豪放词风。

苏轼以文人身份进入绘画之列,基于他的文人身份和他在诗词艺术上的造诣——对诗词艺术的"技术性"掌握,提倡"文人画",在促使中国画走向主观化的同时,体现在诗词中的豪放之气也必然带进绘画创作当中。展开这幅《枯木竹石图》画卷,扑面而来的就是苏轼的豪迈奔放之气,中国诗画的相通性在这里显现一角。

(二) 抒情写意

苏轼提出的"文人画"以写意为目的，本质上是一种写意画，也是抒情性的。在《枯木竹石图》中，嶙峋怪石，石状尖峻硬实，石皴盘旋如涡，右侧的枯木，枝桠极力向右伸展，笔墨中透露着苏轼的傲岸豪放之气，于笔意盘旋之中，凝聚着一团耿耿不平之气，让人感受到他胸中的愤懑盘郁之情。正如米芾曾评其画："子瞻作枯木，枝干虬屈无端，石皴硬，亦怪怪奇奇无端，如其胸中盘郁也。"在怪石的左上方露出些许碎小丛竹。竹为苏轼所好，"心中有个不平事，尽寄纵横竹几枝"。苏轼用单色描绘枯木、修竹、怪石，是心物对视、物我合一之物，借此舒泄烦闷，表现心志。

中国传统诗歌很少去叙述故事，抒情诗占绝大多数，而且此类抒情诗也通常并非一味地主观抒情，多是以某类客观物体为媒介。所谓"诗者，吟咏情性也"（严羽《沧浪诗话》）；"世总为情，情生诗歌"（汤显祖《玉茗堂文之四·耳伯麻姑游诗序》）；"一切景语皆情语也"（王国维《人间词话》）。

受儒家思想的影响，苏轼在文学创作上强调"有为而作"，其"为"侧重在"达意"。"达意"，作为宋代诗文的风尚，已不同于唐代重情的风尚，它比纯粹的"情"深刻，更贴近主体的心灵。苏轼强调了"意"在作品中的主导地位，以达意为目的，"言止于达意"。

《答谢民师书》云：

> 孔子曰："言之不文，行而不远。"又曰："辞达而已矣。"夫言止于达意，即疑若不文，是大不然。求物之妙，如系风捕影，能使是物了然于心者，盖千万人而不一遇也，而况能使了然于口与手者乎？是之谓辞达。辞至于能达，则文不可胜用矣。

抒情言意在苏轼的多首诗词中都有体现。如：《念奴娇·赤壁怀古》"大江东去，浪淘尽，千古风流人物"；《水调歌头》"人有悲欢离合，月有阴晴圆缺，此事古难全"；等等。由此借景借典抒情言意，抒发作者的远大政治抱负，表达作者复杂而又矛盾的思想感情。

苏轼曾说："文以达吾心，画以适吾意。"他的诗用文字与声音，托物言情，抒发心灵的感触。他的画用线条与水墨，借物言意，渗透着主观情趣。此所谓诗画相通处，乃诗画之性情相通。诗画皆出自心灵之作，皆可抒情写意耳。故元代杨维桢曰："东坡以诗为有声画，画为无声诗。盖诗者心声，画者心画，二者同体也。纳山川草木之秀描写于有声者，非画乎？览山川草木之秀叙述于无声者，非诗乎？故能诗者必知画，而能画者多知诗，由其道无二致也。"（《无声诗意画》）正是诗情画意，珠联璧合。

（三）比兴手法

比兴是作诗的手法，唐孔颖达释："比者，比方于物，诸言如者皆比辞也。兴者，托事于物，则兴者起也，取譬引类，起发己心，《诗》文诸举草木鸟兽以见意者皆兴辞也。"

比兴同样也是中国传统绘画中特有的表现手法。在绘画中，比兴手法使主客一体化，其思想内涵和审美价值，远远超出了山水花鸟的自然形象本身。中国传统的山水画、花鸟画有别于西方的风景画、静物画，最大的区别就是前者使用了比兴手法，而后者没有使用。文人画家们借花鸟比兴抒志遣怀，最爱梅兰竹菊"四君子"，以此比照他们的人格之化身。

在《枯木竹石图》中，苏轼以枯木竹石比拟特立独行的高人、奇士，抒发胸中幽翳之情。他绘画重意不重形，关注的焦点不在物象本身，其绘画技能主要体现在线条的表现力上，借用书法上的造诣，表达出种种神韵——雄浑敦厚、清灵俊秀、简淡疏放、冲和静寂、幽远飘逸。苏轼的画师从文同，盛赞文与可有道有艺，在《墨君堂记》中，赞其挥洒而能尽"君"之德，可谓切中肯綮地道出了枯木竹石比兴之深刻意蕴。

在文学作品中，苏轼也常用比兴手法表达他那幽约怨悱不能自言之情。如《卜算子·黄州定慧院寓居作》："缺月挂疏桐，漏断人初静。谁见幽人独往来？缥缈孤鸿影。惊起却回头，有恨无人省。拣尽寒枝不肯栖，寂寞沙洲冷。"苏轼以幽人自喻，在夜静更阑的荒凉景象里，如缥缈孤鸿一样，独自踯躅往来，虽是如此，却依然保持气节，"拣尽寒枝不肯栖"。

苏轼的《水龙吟·次韵章质夫杨花词》："似花还似非花，也无人惜从教坠。抛家傍路，思量却是，无情有思。萦损柔肠，困酣娇眼，欲开还闭。梦随风万里，寻郎去处，又还被，莺呼起……"该词以"似花还似非花"起兴，借薄命的杨花身世之飘零，抒发怨夫思妇之怀，寄寓孽子孤臣壮志不能酬之感。

正是由于苏轼坎坷的仕途人生，使他在诗画中很少直接针砭时弊，意含讽刺。即使感到像屈原一样的"系心君国，不忘欲返"的矛盾心理，也只能借用中国传统诗画中的比兴手法托物寓兴，借以稍抒其抑塞不平之气。

（四）天工与清新

苏轼在《书鄢陵王主簿所画折枝二首》中写道："诗画本一律，天工与清新。"这里提出了诗画的审美要求，即"天工"与"清新"。"天工"指顺其自然以达自然之功效。"清"指清爽、明丽，无繁艳粉饰之态，"新"即新意、奇语、奇趣、怪奇，有创造之意。苏轼以自然而又清新的诗画面貌反对当时的巧密娇饰、浮花艳丽的诗画风格。

苏轼作《枯木竹石图》，实乘酒兴而为之，画怪石似卷云皴，实无皴法，信手而出；画丛竹偏于一隅，以碎小丛竹替代成竹，不和枯木相冲突，为画增色不少，得自然之趣。他在创作中推崇一种"庖丁解牛"式的无拘无束的状态，"正使匆匆不少暇，倏忽千百初无难"（《留题仙都观》）。如黄山谷《苏李画枯木道士赋》中说："（东坡）滑稽于秋兔之毫，尤以酒而能神。"苏轼借助酒的力量，"胸有成竹"，一气呵成，实为强调艺术的自发与"天然"，追求自然而天成的效果，摈弃人工过分雕琢，如《书韩干〈牧马图〉》言："鞭箠刻烙伤天全，不如此图近自然。"《欧阳少师令赋所蓄石屏》言："含风偃蹇得真态，刻画始信天有工。"这里暗合了苏轼提出的"天工"论。

讲天工，重自然，反对雕饰与刻画。苏轼论画如此，论诗作诗也是如此。苏轼打破了自六朝至唐以来雕章镂句、铺陈辞藻、典丽雅正的诗风传统，崇尚"了然于心"、口与手的自由创造中达到自然天成之美，提倡"天力自然，不施胶筋"（《黄州再祭文与可文》）。创作之时，有"新诗如弹丸，脱手不移晷"（《次韵王定国谢韩子华过饮》）。因此，无论是他的豪越之曲——《江城子·密州出猎》"老夫聊发少年狂，左牵黄，右擎苍。锦帽貂裘，千骑卷平冈"，抑或是他的深情悼亡妻之作——《江城子·乙卯正月二十日夜记梦》"十年生死两茫茫，不思量，自难忘。千里孤坟，无处话凄凉"；皆是情酣意满，行文"大略如行云流水，初无定质，但常行于所当行，常止于所不可不止，文理自然，姿态横生"（《与谢民师推官书》）。

苏轼的传世作品《枯木竹石图》，集中体现了清新素朴之美。在《书鄢陵王主簿所画折枝二首》中，苏轼对"清新"的要求是"疏淡含精匀"，指画面物象形象的疏散简淡与笔墨的丰富蕴含。水墨画的黑白两色，相较于"五色"是淡，但并非贫乏。简侧重于笔，苏轼靠用笔的千变万化，使原来毫无意义的线条表达了丰富的精神内容，正所谓"一花一世界，一叶一菩提"。他运用一支健笔，给枯木、竹、石以新的诠释，"其身与竹化，无穷出清新"（《书晁补之所藏与可画竹》）。以"清""淡"来赏玩自然的色彩、节奏、和谐，表现了深受庄禅思想影响之士人的艺术情趣和人生情趣。此可谓，简淡则诗意足，繁艳则诗意寡。画中的诗意，正是借助淡淡疏疏的艺术表现，完满传达出来。

清新是画格，也是苏轼眼中诗词之高格。他自己的创作，辞语甚朴，无所藻饰，以清新豪放而著称。苏轼论诗也最为欣赏清新一格。诗之"清"被定格为诗歌的本然品格，即"温然而泽者，道人之腴也。凛然而清者，诗人之癯也"（《王定国真赞》）。苏轼对喜爱的诗，往往以"清"相号。评刘沔诗"清婉雅奥，有作者风气"（《答刘沔都曹书》）；评柳宗元南迁后诗"清劲纡余"（《书柳子厚南涧诗》）；评晁君成诗"清厚静深，如其为人，而每篇辄出新意奇语，宜为人所共爱"（《晁君成诗集引》）。"新"也是诗评的最高标准。《书柳子厚渔翁诗》中提出"诗以奇趣为宗，反常合道为趣"，评黄庭坚词"清新婉丽"（《跋黔安居士渔父词》），原因在于其"以水光山色，替却玉肌花貌"，选取了与众不同的意象，富有新意。苏轼讲究诗"清新"，故有诗如秋露、诗如兰花、诗如秋菊、诗如清风之喻。

不难看出，苏轼提出的"天工与清新"的诗画主张，促使诗风画格由以绚丽雕琢为美转为以素朴平淡为美，对后世影响巨大，也使诗画在审美方面进一步相融相通。

综上诸方面所述，在中国诗画的文化传统与其自身发展的基础上，苏轼强调"诗画本一律"，这有其合理性的一面。通过苏轼的绘画作品《枯木竹石图》，结合他的诗文创作及理论，我们看到了诗画相通、诗画一致的创作规律和审美内涵。"古来画师非俗士，妙想实与诗同出。"（《次韵吴传正枯木歌》）诗与画在苏轼那里得到了有机统一，从一个侧面管窥到中国的"诗画本一律"。

拓展学习：

1. 陈迩冬. 苏轼诗选 [M]. 北京：人民文学出版社，1957.
2. 颜中其. 苏轼论文艺 [M]. 北京：北京出版社，1985.
3. 钱钟书. 中国诗与中国画 [M] //北京师范大学中文系. 比较文学研究资料. 北京：北京师范大学出版社，1986.
4. 张憋铭. 绘画与中国文化 [M]. 海口：三环出版社，1990.
5. 徐书城. 中国画之美 [M]. 北京：中国社会科学出版社，1989.
6. 郭熙. 中国画 [M]. 合肥：安徽美术出版社，1995.
7. 邓乔彬. 有声诗与无声诗 [M]. 上海：上海社会科学院出版社，1993.
8. 刘晔. 中国传统诗画关系探究 [D]. 南京：南京艺术学院，2004.
9. 宗白华. 美学散步 [M]. 上海：上海人民出版社，1981.
10. 徐复观. 中国艺术精神 [M]. 沈阳：春风文艺出版社，1987.
11. 朱光潜. 诗论 [M]. 北京：生活·读书·新知三联书店，1984.

三、儒释道文化视野

——儒释道文化观照下的苏轼之"诗画本一律"[①]

苏轼在《书鄢陵王主簿所画折枝二首》中写道:"论画以形似,见与儿童邻。赋诗必此诗,定非知诗人。诗画本一律,天工与清新。边鸾雀写生,赵昌花传神。何如此两幅,疏淡含精匀。谁言一点红,解寄无边春。"在此,苏轼明确道出"诗画本一律",认为诗画之间存在着"无形"的"相通",即体现在艺术物质形态之外的审美标准、表现手法,构思手法,以及艺术家对人生、对历史、对宇宙的感悟等深层关系。诗画本律见解的提出有其所依托的文化渊源和背景。

诗书画文集于一身的博学大家苏轼一生坎坷曲折,历尽挫折与打击,他经历了"在朝—外任—贬居"的过程,形成了儒释道杂糅的复杂思想。苏辙在《东坡先生墓志铭》中说:"初好贾谊、陆贽书,……既而读《庄子》,喟然叹曰:'吾昔有见于中,口未能言,今见《庄子》,得吾心矣'。……后读释氏书,深悟实相,参之孔老,博辨无碍,浩然不见其涯矣。"刘大杰在《中国文学发展史》指出,"儒家的底子""庄子的哲学,陶渊明的诗理,佛家的解脱"构成了苏轼复杂的思想。由此可见,中国的儒释道思想,作为中国传统文化的构成因子,对苏轼人格情趣与艺术美学产生了巨大的影响。

(一)传统文化重"统一"思想的影响

迥异于重分析的西方传统文化,中国传统文化重综合,重统一性和整体性。

[①] 原文《儒释道文化观照下的苏轼之"诗画本一律"》发表在《桂林师范高等专科学报》2010年第1期,第99-100页。

在中国文化中，儒家思想始终占据着主流地位。它追求现实的精神统一和社会统一。孔子以"忠恕"为"一以贯之"的"道"（《论语·里仁》），以"天下归仁"为最高的政治理想（《论语·颜渊》）；孟子推崇"仁政"，而行"仁政"的目标乃是天下"定于一"（《孟子·梁惠王（上）》）。儒家学说发展到宋代，理学家们提出了"理一分殊"理论，认为万物之间存在着普适的理，虽然因事物的不同而有不同的表现——所谓"理一分殊"，但这种不同仍然体现出某种一致的秩序。

先秦道家认为，万物皆统一于"道"。《老子》说："道生一，一生二，二生三，三生万物。"《庄子·齐物论》说："天地与我并生，而万物与我为一。"由此，有了"物我齐一"学说。

《易传·系辞》以道补儒，提出"天下同归而殊途，一致而百虑"，强调了"同归"与"一致"。

中国传统文人在以"统一"为主旨的传统文化土壤里，形成了异中求同，多中求一的思维习惯。正如苏轼所言："物一，理也。通其意，则无适而不可。"（《跋君谟飞白》）正是在这样的文化背景支撑下，文学家兼艺术家苏轼较早提出了诗画本一律的美学观点，认为分属两种不同艺术形式的诗与画存在着相融与相通的无形之似。

（二）天工与清新：庄禅思想的影响

苏轼精通儒释道，晚年老庄与佛禅对他影响最为深远，特别是受到老庄的返璞归真、恬淡无为精神的影响。老子说："人法地，地法天，天法道，道法自然。"庄子认为："天地有大美而不言，四时有明法而不议，万物有成理而不说。圣人者，原天地之美而达万物之理，是故至人无为，大圣不作，观于天地之谓也。"老庄这种崇尚自然、完全摒弃人为的文艺受到苏轼推崇，他在《书鄢陵王主簿所画折枝二首》中说"诗画本一律，天工与清新"，提出诗画共同的审美标准——"天工与清新"。"天工"实际上是要"顺其自然"，苏轼对于诗歌和绘画创作强调"自然""清新"。其行文

"大略如行云流水，初无定质，但常行于所当行，常止于所不可不止，文理自然，姿态横生"（《与谢民师推官书》）；传世作品《枯木竹石图》，集中体现了清新素朴之美。

在《书鄢陵王主簿所画折枝二首》中，苏轼对"清新"的要求是"疏淡含精匀"。他将"疏淡""精匀"两个意义似乎相反的词语统一于一幅画中；"谁言一点红，解寄无边春"，指画面物象、形象的疏散简淡与笔墨的丰富蕴含。同时，也暗合了老子在《道德经》中所表述的"道生一，一生二，二生三，三生万物"。他提出的"平淡"诗学思想，不是化险怪奸穷为平易，而是以老庄、佛禅的虚无淡泊、超然物外的哲学思想为其文艺创作的最高原则，如老子的"道"、庄子的"清而容物"等，无不深深影响了苏轼的人生情趣和艺术情趣。

（三）抒情言志：儒家思想的影响

从孔子的"诗可以怨"，到司马迁的"发愤著书"、刘勰的"梗概多气"、韩愈的"不平则鸣"，再到苏轼的"有为而作"，诗文创作皆是沿着儒家的"言志"功利思路而走的。苏轼强调了"意"在作品中的主导地位，以达意为目的，"言止于达意"。

《答谢民师书》云：

> 孔子曰："言之不文，行而不远。"又曰："辞达而已矣。"夫言止于达意，即疑若不文，是大不然。求物之妙，如系风捕景，能使是物了然于心者，盖千万人而不一遇也，而况能使了然于口与手者乎？是之谓辞达。辞至于能达，则文不可胜用矣。

苏轼以文人的身份介入绘画创作，提出"文人画"理论，"阅士人画如阅天下马，取其意气所到。乃若画工，往往只取鞭策、皮毛、槽枥、刍秣，无一点俊发，看数尺许便倦"。《又跋汉杰画山》之画家品质、道德修养和意趣，在文人画中得以表露。"心中有个不平事，尽寄纵横竹几枝。"写意抒情成为文人画的追求，把本来以存形状物为主的古典绘画引导到写意上来，由此看出儒家言志思想对绘画的渗透。

尽管苏轼一生仕途屡艰，曾有"哀吾生之须臾，羡长江之无穷""拣尽寒枝不肯栖，寂寞沙洲冷"的出世退隐之曲，但他的内心始终是"走遍人间，依旧却躬耕"，诗与画有着共同抒情达意的目的之追求。

（四）比兴手法：儒释道思想的交融

在中国古代哲学中，道乃是宇宙万物与生命的终极本体。《中庸》说"天命之谓性，率性之谓道，修道之谓教"；佛教中把顿悟成佛叫"见道"；老子说"道生一，一生二，二生三，三生万物"（《道德经》）。可见，道是中国哲学的最高概念。天人合一的境界，就是个体化入宇宙的浑涵汪茫、悠悠无限，去体悟、把握宇宙的本体和生命（道），达到身与物化、物我两忘的境界。

由于中国传统文化"天人合一"思想的影响，诗与画在艺术上易于借自然景物表达理念、情感。比兴是中国传统诗画中特有的表现手法，其实质是以拟物、拟人的手法使艺术形象主观化、情感化，主观意识物化、客观化。屈子文章中借鲜花、香草来比喻品行高洁的君子；以臭物、萧艾比喻奸佞或变节的小人。唐孔颖达对比兴释义："比者，比方于物，诸言如者皆比辞也。兴者，托事于物，则兴者起也，取譬引类，起发己心，诗文诸举草木鸟兽以见意者，皆兴辞也。"文人画家们借花鸟比兴抒志遣怀，更是有别于西方的山水画，如苏轼说："古来画师非俗士，摹写物象略与诗人同。"

苏轼在《前赤壁赋》中，以水、月为喻，阐明"变"与"不变"和"物各有主"的道理。这一通道理的思想资源从表面上看来自庄子的《齐物论》，从其深层看更似《金刚经》之"世间一切，如虹如雾，如雾如电，即真即幻"。在绘画中，苏轼酷爱画竹，因为竹是崇高品格和独立人格的理想化身，是内在人格精神的形象传达。他曾写下"宁可食无肉，不可居无竹"这样的诗句来表达对自我人格修养的期许。其中有儒家"君子比德"的传统，也有庄子"身与竹化"的影响。

(五)"物我两忘":庄禅思想渗透的结果

苏轼提出的"物我两忘"的审美心境属于中国美学之虚静观,即情感上的摒弃私欲、身与物化、心无旁骛,其思想渊源是道释哲学。

苏轼诗画创作反对经营过甚,注重即兴为之,与禅宗的妙悟说相近,主张艺术家拥有对世间万物淡泊无为、超然物外的心态,即忘我的精神境界。"心忘其手手忘笔,笔自落纸非我使""正使匆匆不少暇,倏忽千百初无难"(苏轼《小篆般若心经赞》)。这正是其创作物我两忘,心手合一状态的真实写照。在创作中,苏轼为达到物我两忘的境界,喜借助于酒的力量,达到一种"庖丁解牛"式的无拘无束的状态。他曾写过这样的诗句:"空肠得酒芒角出,肝肺槎牙生竹石。森然欲作不可回,吐向君家雪色壁。"(《郭祥正家醉画竹石壁上》)以酒进入无意识状态,排除干扰因素的影响,这种"忘我"的境界与禅宗的行禅修炼主张有着相似性。《坛经》云:"坐禅,元不着心,亦不着净,亦不是不动。"又论"坐禅"曰:"此法门中,一切无碍,外于一切境界上念不起为坐,见本性不乱为禅。"《佛经圣法印经》则云:"无我无欲心则休息,自然清净而得解脱,是名曰'空'。"通过排除一切滞碍,达到自由的境界。

苏轼关于"物我两忘"的审美心境在某种程度上也受到了道家"心斋""坐忘""凝神"理论的启示,《庄子》中这些说法看似神秘,实则不外乎是对主体自由性的描述,强调在创作中发挥艺术家心智的自由。通过"心斋",摒除一切功名利禄的欲念,"其神与万物交,其智与百工通"(《书李伯时〈山庄图〉后》),取得心智的高度自由,使心境达到虚、空、明净。可以说,没有庄子的"心斋",也就没有后来南朝宗炳的"澄怀味道"。苏轼在《书晁补之所藏与可画竹》诗中写道:"与可画竹时,见竹不见人。岂独不见人,嗒然遗其身。其身与竹化,无穷出清新。庄周世无有,谁知此凝神?"这里的"身与竹化"与"庄周梦蝶"有异曲同工之妙,苏轼将"身与竹化"的文与可和庄周相联系,正是点出了艺术家要达"身与竹化"的境界，关键在于画家与作品神与物游、物我两忘的心境。

　　综观苏轼一生，我们能够看到，在他身上既有儒家的经世致用，又有道家的顺应自然、怡情山水。佛家思想则启示他既认识到万物皆空，又能在内心感悟中超越尘世琐碎，求得心境空明。三家思想融入他的人格追求、生命实践与艺术创作，促使其提出了儒释道文化观照下的"书画本一律"的审美观点。

拓展学习：

1. 苏轼. 苏轼文集[M]. 孔凡礼, 点校. 北京：中华书局, 1986.
2. 颜中其. 苏轼论文艺[M]. 北京：北京出版社, 1985.
3. 徐复观. 中国艺术精神[M]. 沈阳：春风文艺出版社, 1987.
4. 祁志祥. 中国美学的文化精神[M]. 上海：上海文艺出版社, 1996.
5. 汤一介. 中国传统文化中的儒道释[M]. 北京：中国和平出版社, 1988.
6. 李泽厚. 庄玄禅宗漫述[M]//中国古代思想史论. 天津：天津社会科学出版社, 2003.
7. 林语堂. 苏东坡传[M]. 天津：百花文艺出版社, 2000.
8. 刘大杰. 中国文学发展史[M]. 上海：上海古籍出版社, 1997.

四、中国文化背景下女性形象的演变

——"娜拉"们的解放轨迹:从《玩偶之家》到《蜗居》看一个世纪以来女性形象的演变①

西蒙·德·波伏娃在《第二性》中提出:"女人并不是生就的,而宁可说是逐渐形成的。在生理、心理或经济上,没有任何命运能决定人类女性在社会的表现形象。"从而表达出了社会对性别的建构所起的作用。也就是说,女性不是因为生理性别而自然成为女人,而是在人类文化的整体影响下转变成为女人,通过教育和调适满足了社会对她的期望而完成了女人形象的转变。

1879年,挪威剧作家易卜生的名作《玩偶之家》在首都公演,自此,其开放性、留有空白的结尾在国际社会上掀起了"娜拉出走"的热潮。每个上演该剧的国家,都以各自的价值标准与社会需求来诠释娜拉形象。中国也不例外。1918年,中国新文化运动的先驱将该剧正式介绍给国人,适应当时个人主义思潮的兴起。"娜拉"肩负起了女性意识启蒙的任务,成为五四时期的新女性追求个人解放的形象。伴随着以《终身大事》为代表的"娜拉型"话剧之涌现,使得"娜拉"这一形象深入人心,成为"五四"启蒙的重要符号和女性解放的象征。从此,西方的一位女性形象,在中国的土壤上逐渐演变为一种追求自由与解放的精神象征。

研究者常借用"娜拉"之名来称呼那些离开家庭庇护、寻求独立人生价值的女性。经过近一个世纪的社会发展,妇女形象在文学作品中受制于不同时期社会的塑造并反映着社会文化的变革,作为"娜拉"的群像反映着妇女解放与社会的变迁。

---

① 原文《"娜拉"们的解放轨迹——从〈玩偶之家〉到〈蜗居〉看一个世纪以来女性形象的演变》2010年发表在《中州大学学报》第27卷第4期,第53-55页。

（一）"五四"启蒙时期的"娜拉"形象

《玩偶之家》中的娜拉，像历史上的大部分女性一样只有家庭角色而没有社会地位，即使在同一家庭中，男女的地位也相差悬殊。从其丈夫对她的爱称"小鸟""孩子"可看出，两种称呼背后所隐含的娜拉与家庭的关系及夫妻间的地位差别。而当家庭面临困难，娜拉挺身而出像男人一样承担责任时，得到的却是丈夫的责骂。丈夫在事发之前及事发之后对娜拉迥然不同的态度，迫使娜拉重新审视自我，摆脱玩偶的地位，寻找女性社会角色。

知识分子们借助"娜拉"，呼吁女性们与封建家庭决裂，像娜拉一样出走，由此出现了一股"娜拉热"。这一时期的戏剧与文学，如胡适的《终身大事》、茅盾的小说《虹》、郭沫若历史剧《三个叛逆女性》、冯沅君的小说《旅行》、欧阳予倩的《泼妇》等都塑造出"娜拉型"女性形象。而这一系列的娜拉形象都是以"出走"为终止，结尾都预设着"出走"一定会有"自由"，认为只要思想觉醒，接受自由、平等这样的价值准则，成为有个性的原子化的个体，就可以摆脱一切旧有传统的束缚，达到人性的自由解放，并促使现实的改善。而这种理想家们鼓吹的自由之梦在当时的现实中只会粉身碎骨。

鲁迅在小说《伤逝》中继续探讨了"娜拉走后怎样"的主题。小说中的子君，在涓生的启蒙演说和鼓动下，成为涓生的追随者，当她"分明地，坚决地，沉静地"说出"我是我自己的，他们谁也没有干涉我的权利"时，就像"娜拉关门"的重演，告别了父权的家庭，走进了仍是男性主导的性别权力结构中。究竟什么是"自己的"，怎样成为"自己的"，子君其实并没有清晰的自觉。作为家庭主妇的子君依附于丈夫，在细小琐碎的家庭生计中，涓生越来越难以忍受她的"浅薄"和"落后"；加上男主人公的失业，"忍受着这生活压迫的苦痛"，启蒙者的理想之爱在困苦生活中走到尽头。子君被父亲接回家后，"所有的只是她父亲——儿女的债主——烈日一般的严威和旁人的赛过冰霜的冷眼",终于在无爱的人间灰飞烟灭了。① 在此,《伤逝》不仅展示出了"出走"之后的娜拉所遭遇的现实,更揭示出这场"五四"时期的女性解放运动是由男性的启蒙所创造和推动的。小说中写到涓生向子君灌输"出走"的思想意识:"破屋里便渐渐充满了我的语声,谈家庭专制,谈打破旧习惯,谈男女平等,谈伊孛生,谈泰戈尔,谈雪莱……她总是微笑点头,两眼里弥漫着稚气的好奇的光泽。"点出了五四时期"娜拉"形象的塑造者是当时的男性知识分子。迎合中国社会追求个人价值与解放的需求,"娜拉"成就了男性启蒙家追求人性解放的梦想,成为"走出家庭"的、背负解放全社会历史使命的新女性形象。

随着时间的推移,新女性形象一直和娜拉紧密地联系在一起而又有些变化。文学就像时代的一面镜子,从这一面镜子里,我们看到了不同时代的娜拉,传达出不同时代与性别相关的信息。

(二)"十七年"时期文学作品中的女性形象

新中国成立后,妇女解放是和新民主主义革命进程、新中国的妇女政策,以及计划经济体制对城乡妇女整体化、行政化、统一化的社会安排联系在一起的。伴随着妇女的政治解放,男女平等的原则在法律上得以确认,女子们摆脱了过去足不出户的束缚与羞涩,开始在社会上有了工作,扬眉吐气地与男人同工同酬,妇女从私人领域走向公共领域。由此,妇女解放也进入国家政治意识形态并成为其中的一部分,"妇女解放"的问题似乎只从属于被压迫阶级的解放和无产阶级的社会革命。在以阶级分析为中心的马克思主义妇女观中的男女平等埋念,在当时的中国被转化为"男女都一样""女人能顶半边天"的观念。这种在某种程度上弱化性别差异的平等原则,可能更多地聚焦于女性在生产领域的作用,而较少强调生育、家庭、性行为等在女性解放中具有的独特意义。由此,文学作品中出现了大批男

---

① 鲁迅《伤逝》,收录于《彷徨》,见《鲁迅全集》第2卷。以下引《伤逝》文,不再另注。

性化的女性形象，而"文革"特殊时期的文学作品更是充满了"铁姑娘"形象，女性意识受到极大压抑，女性特质和创造性遭到贬损，显示出中国妇女解放和文学发展中鲜明的时代特征。

在影视作品《闽江桔子红》（1956年）中，女主角李银花已取得婚姻自主开始走出家门，女性作为一种社会职能在集体劳动中战胜来自各方面的困难，成为社会的强者。作为互助组组长的李银花与普通社员杨龙在劳动中产生了爱情。在这里，爱情和婚姻对于李银花来说已是一首愉快的浪漫曲；在社会角色中，李银花是组长，是集体劳动的领头人，在她与"单干户"的冲突对立中和发展生产中遇到困难时，她像男人一样独当一面，甚至比普通男人更有能力去主动消解（通过帮助和教育）对立面。受到"社会生活政治化与文学创作政治标准第一"的思维模式的影响，文学作品中的形象充分表现着当时的政治倾向，"女高男低"的现象在"文革"前的"十七年"时期就或多或少已成为当时的一种风尚。而这种时尚在改革开放后新时期的作品中是少见的，女性主角与其配偶之间的差异，更多的不是体现在社会地位上，而是体现在一种个性心理结构上。在"文革"时期的样板戏中，受到"三突出"原则的影响，女性主角形象被塑造成高度概念化的存在。例如，《龙江颂》中的党支书江水英，其个人生活被完全隐去，没有丈夫、没有后代，也鲜有与他人的亲密互动，而更多地被描写成当时政治路线的象征性人物。这种塑造方式反映了特定历史时期的政治需求，对人物形象的多样性有所限制。

"十七年"时期的文学作品里还存在着一组与正面女性形象相对立的落后女性群像，如欧阳山《一代风流》里的陈文娣、陈文婕和陈文婷等人，这类女性争取个性解放、婚姻自由，如果放在五四时期，她们的人生目标是值得肯定的，比如像丁玲笔下的莎菲这样的女性形象。而在此时（"十七年"时期）的语境里，她们成了被批评的对象。因为时过境迁，在"话语讲述的年代"里，主流意识形态制约下的女性应该将社会的解放和进步作为她们生活的目标，与社会诉求不相符合的形象必将遭到唾弃。

由此可以看出，深受此时主流话语影响下的女性形象是单向度的，没有复杂的人性,更毋宁说女性意识,女性没有发言权,在整体上处于失语的境地。

(三)二十世纪八九十年代个人写作中的女性形象

20世纪80年代,随着拨乱反正的思想解放运动浮出水面,女性在高扬"人"的解放大旗下,不必过多地受到封建伦理纲常的束缚和羁绊,而是在主体意识、生命意识和女性意识的感召下,自由地表达对生命的追求和热爱。舒婷"我必须是你近旁的一株木棉,作为树的形象和你站在一起"中的女性形象,从女性自我发展、自我体认,最后达到人格意义上的男女平等,为女性自我意识的进一步觉醒提供了契机。

挣脱以阶级斗争为导向的政治束缚,新时期的文学作品开始描绘以前被视为禁区的人性与人情,涉足爱与性领域,对无爱婚姻的审视透视出女性的生存境遇,引发了女性的独立自主意识。张洁《爱,是不能忘记的》问世,在"人"的解放主题下描写了一段追求浪漫与理想化的柏拉图之恋,通过这种非常规的爱恋心理剖白,塑造出一位具有自我完善意识,执着追求真、善、美爱情理想的女性形象,表达出新时期女性对独立人格的渴求。随之,王安忆的雯雯系列小说、张抗抗《北极光》也刻画了一个个追求自由、平等、真挚、和谐的理想之爱的女性形象。

20世纪80年代中后期,随着社会的转型以及女性整体素质的提高,女性自主独立意识进一步增强,她们重新审视爱情与婚姻中的两性关系和女性地位,发出"女人不是月亮"的艰辛抗争,表达出女性自我解放和确立自己社会价值的强烈愿望。如张洁在《方舟》中塑造了三位具有独立经济地位和优越社会身份的女性:荆华是社会科学理论工作者,梁倩是电影导演,柳泉是翻译。她们走出了无爱的传统家庭,在事业上自强不息、奋力拼搏,生活上却带来了无尽的烦恼和痛苦。在男权文化社会里,作为离异的女人,旁边有许多双眼睛监视着她们的"贞操",防止她们的"失节"。而当她们为了得到社会的承认和尊重,在衣着、谈吐、生活习惯各方面努力变得男性化时,却遭到来自传统观念的排斥和否定。在令人窒息的追求独立的精神之旅上,柳泉愤懑地呐喊:"妇女的解放不仅仅意味着经济上和政治上的解放,还应该包括妇女本人以及社会对她们存在的意义和价值的正确认识。妇女并不是性而是人!"

如果说20世纪80年代还是延续着启蒙的任务,主体概念是可以让女人享受同等的权利,但前提条件是必须使女人"成为男人",那么到了20世纪90年代,随着社会文化的更加开放,西方"女权主义"理论和女权主义文学思想大量引入,中国文坛上一组女性个人抒写者的涌现,女性形象的自觉发展到更为关注女性的特异性。林白、陈染、伊蕾、翟永明等年轻的女作家笔下常常出现一个女主人公在自己的房间里凝视与感受着自己美丽的胴体,自我欣赏、自我审视,逃离男权社会,释放被压抑的欲望,自慰受伤的心灵,借以表现女性生命的呐喊和女性创造力的张扬。

20世纪90年代后期,当以反权力、反中心、反话语、反美学和非主体化的后现代思潮成为时代的景观时,文学作品里,人们更倾向于重视自我肉身存在的状态。卫慧和棉棉们笔下的美女(无论是《上海宝贝》还是《糖》),她们用走出房间的身体闯进男性社会,公开冲决男权社会秩序和道德规范的约束,达到摧毁一切的目的。男性话语塑造的"美丽圣洁"的女性被驱逐出境。而这些女性形象的出炉,虽然是女性自我意识发展的结果,但也是与消费社会的合谋,她们并没有获得自身的社会价值。从这些作品中可以看出某些情节模式:部分女性角色依靠经济实力较强的男性,通过建立亲密关系获得优裕的生活,频繁出入高档场所,享受便利的现代交通。这种对女性形象的描写并非所有作品的普遍特征,但在某些作品中,当对个体身体的私人化表达过于聚焦时,作品中的世界可能偏离了对社会现实的深入关照,女性形象也容易被简单化为消费社会中的符号。

(四)二十一世纪初金钱经济神话下的女性群像

女性解放经过近一个世纪的发展,当社会进入全球化经济时代时,金钱经济神话控制下有的女性显现出了"蜗居"的状态。在《蜗居》里，三位受过高等教育的二十、三十、四十岁时段女性形象反映了现实生活中女性的不同境遇。"小三"形象的海藻在初次见宋思明时，宋颇有意味地说道："二十五岁，前途无量。"青春的身体与金钱的交换横贯全剧，就像《大红灯笼高高挂》中的颂莲，是一个甘于做"玩偶"的"娜拉"。以自立自强为形象代表的海萍，一边忙于繁重的工作，与丈夫共同负担一套房子的货款，一边还要负担生育孩子的责任。为了不丢掉工作，不敢享受产假；为了减轻经济上的困顿，把孩子送回老家，放弃做母亲养育孩子的角色。金钱经济的重压，使海萍像男人一样，甚至比男人更强地奋斗在生活第一线上，由此揭示了走出家庭的女性在现代社会中的双重压力。

女性解放的过程是漫长而曲折的，女性的解放有赖于时代的进步、社会文化的变革，还有赖于女性的自主意识的确立，男性思想观念的解放当然也至关重要。

纵观一个世纪以来中国女性的形象变迁，可以看出"女人不是天生的"，令女性难以抗拒的却是社会的那只巨手。文学作品中的女性形象都被打上了深刻的时代烙印。

拓展学习：

1. 西蒙娜·德·波伏娃. 第二性 [M]. 陶铁柱, 译. 北京：中国书籍出版社, 1998.

2. 李银河. 女性主义 [M]. 济南：山东人民出版社, 2005.

3. 李小江. 性别与中国 [M]. 北京：生活·读书·新知三联书店, 1994.

4. 许慧琦. "娜拉"在中国：新女性形象的塑造及其演变 1900s—1930s（政治大学丛书）[M]. 台北：政治大学历史学系, 2003.

5. 盛英. 二十世纪中国女性文学史 [M]. 天津：天津人民出版社, 1995.

6. 葛兆光. 中国思想史 [M]. 上海：复旦大学出版社, 2004.

7. 戴锦华, 孟悦. 浮出历史地表 [M]. 郑州：河南人民出版社, 2001.

8. 王岳川. 走向后现代主义 [M]. 北京：北京大学出版社, 1992.

9. 王岳川. 中国90年代话语转型的深层问题 [J]. 文学评论, 1999（3）.

10. 杨建龙. 走出"房间"的女性文学 [J]. 百花洲, 2000（4）.

11. 南帆. 躯体修辞学：肖像与性 [M] // 南帆. 文学的维度. 上海：上海三联书店, 1998.

五、当下文化视野

——"拜金"与"纯爱"的背后蕴涵:婚恋节目《非诚勿扰》与电影《山楂树之恋》的女性形象分析[①]

2010年,火遍大江南北的婚恋交友节目《非诚勿扰》和张艺谋导演的电影《山楂树之恋》备受各界关注。前者以其直观展现的婚恋观念引发了广泛的社会讨论,而后者则以"纯爱"为主题,主打"史上最干净的爱情故事",两者在不同层面上引发了观众的关注和思考。2010年的《非诚勿扰》主要聚焦"80后"群体,展现了这一代人在婚恋问题上的多样态度与现实困惑,为公众提供了了解当代婚恋观的重要窗口。《山楂树之恋》反映了发生在20世纪70年代的爱情故事。虽然二者所反映的时代不一样,但都共同指向了女性对爱情的诉求。《山楂树之恋》选择在当下播映,自然要接受人们用当下的眼光去评判。笔者在此以《非诚勿扰》与《山楂树之恋》为例,对其中的女性形象进行分析,以此探讨"拜金"与"纯爱"的背后蕴涵,探索社会对女性身份的建构。

(一)婚恋交友节目《非诚勿扰》中的女性形象

1. 对金钱欲望的直率表达

票子、房子、车子等流行话题在江苏卫视《非诚勿扰》中不断得到夸大,女嘉宾们雷人的话语层出不穷:"宁愿坐在宝马里哭,不愿坐在自行车上笑";"我闻到了钱的气味";"月薪20万以上,可以摸我的手"。因此,

---

[①] 原文《"拜金"与"纯爱"的背后蕴涵:婚恋节目〈非诚勿扰〉与电影〈山楂树之恋〉的女性形象分析》发表在《电影文学》2011年第7期,第69-70页。

收入不够稳定的男嘉宾,被女孩们以各种理由拒绝。出格言论和话题从电视里延伸到网络上,观众对此评头论足、津津乐道。

显然,节目中的女性们以量化的物质标准直言不讳地提出了对爱情的要求,伤害了广大男性的自尊心,也有违主流话语下的主流社会价值,有违男权社会为女性制定的温良恭俭让之传统女性美德。

2. 表现自我,开放大胆

在中国传统的土壤里,一直把女子的贞操看得很重。程颐提出了"饿死事小,失节事大",本意是对男女双方的要求:假使女子要为死去的丈夫守节而不能再嫁,那么男子的妻子若死,作为丈夫也应为亡妻守节而不应再娶。但是历代都把"饿死事小,失节事大"单纯指向了女性,要求女性在婚前是处女,婚后只能有一个男人。当历史的车轮滑向了当下,随着社会宽容度的增加,社会对女性"身体的完整性"不再苛求。以《非诚勿扰》第14期中美国帅哥Samuel那一集为例,主持人孟非在节目中提出了"保存完整"一词,一位打扮中性的女嘉宾坦言自己仍保持着"身体的完整性"。而那个拥有偶像般脸蛋、模特般身材的28岁男嘉宾Samuel大胆承认仍是处男时,则引起一片唏嘘声以及网络上的热烈讨论。台上的这些男女在讨论过程中呈现了各自的观念,也反映出当代中国社会关于性观念的多样化趋势。这些表现为观察和研究社会文化变迁提供了有趣的视角。

在女嘉宾自我介绍的一栏中,要求写出恋爱的次数,但写零的为数不多,表明了社会对女性恋爱上的宽松度,女性也拥有了恋爱上的选择性。在男女嘉宾对话中,当一个长相很帅气的男嘉宾说自己曾谈过七八个女朋友时,女嘉宾马诺接着说:"还没有我的零头多哩!"这个男嘉宾对女朋友的要求是不过多干预自己所做的事情,马诺抢白道:"我也希望我的男朋友不要管我,我多晚回家都不要管,晚上回不回家也不要管我才好!"结果把那个男嘉宾给吓倒了。自我表现和个性张扬在马诺身上得到了鲜明展现,与传统的女性温顺乖巧形象形成了对比。相比过去的时代,女性如今在面对外界压力时展现出了更强的韧性和独立性。

正如西蒙·德·波伏娃在《第二性》中提出的："女人并不是生就的，而宁可说是逐渐形成的。在生理、心理或经济上，没有任何命运能决定人类女性在社会的表现形象。"

社会的脚步从"文革"时期政治话语控制下的禁欲社会逐渐走向经济话语控制下的消费社会。在这样一个金钱经济神话影响下的时代，2010年张艺谋推出了文艺片《山楂树之恋》，带着怀旧的情绪回到了青涩时期，尽量抛开时代的正面抒写，以此缅怀缺失的美好。海报以"史上最干净的爱情故事"为宣传卖点，不仅吸引着怀旧的中老年人，还吸引着更广大的年轻观众，造就了《山楂树之恋》1.6亿元的票房纪录。

正所谓成也"纯爱"，败也"纯爱"。一个时代有一个时代的解读。一部"文革"时期记忆中的初恋故事，不再是十多年前张艺谋拍摄的纯真爱情《我的父亲母亲》，变的并不是张艺谋的内心，而是时代本身有了新变化。在"50后""60后"的眼里，《山楂树之恋》里面的爱情干净、纯洁、压抑，不夹杂物欲与性欲，这就是"纯爱"。但是那个年代定义的所谓"纯爱"，被当下一些"80后""90后"质疑，认为这个"纯爱"是伪装的，爱情中融入了物质的元素。有人甚至将《山楂树之恋》解读为一部"富二代追求爱情"的故事。禁欲时代带来的只是压抑、扭曲的心灵。张艺谋对这种因时代不同而产生的"误读"应该也很无奈。

（二）电影《山楂树之恋》中的女性形象

1. "纯爱"背后的物质元素

在物质匮乏的年代，美国总统尼克松访华，周总理专门以大白兔奶糖馈赠给他，可见大白兔奶糖在那时的地位，也可以想见1974年电影中老三拿出一颗大白兔奶糖意味着什么；静秋坐在自行车前的灿烂笑容，恰好和马诺的那句充满拜金意味的话"宁愿坐在宝马车里哭，不愿坐在自行车上笑"形成对照。"文革"时期女青年的择偶标准是"三转一响"，即手表、自行车、缝纫机和收音机，也就是说，自行车就像现在女性提出的宝马车。老三赠送的一系列信物，送钢笔、送泳衣、坐自行车，无异于今天送LV包、送钻戒、坐宝马兜风。老三物质上的富裕和身份上与静秋的差异，无法摆脱二人之间的不平等性，使这场"纯爱"无可奈何地落入了"灰姑娘和白马王子"的模式，用时下流行语说就是刚毕业的女学生与富二代、官二代谈恋爱的故事。作为一个右派"狗崽子"境遇里的静秋，遇到这样一个无所不能的强大保护者，唯有感动，而被无知和压抑所造就的"纯情"，需要一个时代来解释，那张笑容灿烂的合影，才算是影片中难得的集体情感之流露。

2. 稚嫩的女性意识

静秋在这场恋爱中表现出一种稚嫩的女性生命意识，在老三的热烈追求与默默付出中，一直处于"失语"状态。横亘在两个人之间的政治地位、经济状况、道德水准的多重标准，使静秋一直压抑着自己的感情——被动、逃避、猜疑。源于性的无知，更给静秋平添了许多担忧与烦恼。老三更多承担的是启蒙者的角色，正如"五四"时期的涓生与子君那样。老三帮助她认知这个世界，是她人生方面的引领者与保护者。老三告诉她有些山楂树本来就是开红花的，消解了村长故事中山楂树所具有的革命性与传奇性；指导静秋编写教材，像一个先知一样告诉静秋，她不会久留农村，世道是会改变的；特别是告诉静秋，她妈妈"即使真是历史反革命，她也是个伟大的母亲"，"不要用政治的标准来衡量你的亲人"；乃至老三在临终前把世界直接呈现给静秋，给予她人生的鼓励。静秋是这样一个聪明温柔的被启蒙的女性形象，被一个强大的无所不能的老三呵护着、关心着、成长着，在老三的爱情付出中完善着自己，印证着自身的价值。

"失语"的静秋在回忆的虚拟中成就了这场"纯真"的爱，简化了女性所要面对的真实生活，对于女性日后所要面对的爱人和朋友、工作和家庭、社会实践和女性意识间的种种矛盾，根本不会触及。"白马王子"的爱在他死后的遗书中更加得以确认，"灰姑娘"在懊悔与记忆中回应了他们的爱情。和"灰姑娘和白马王子"故事不雷同的是结尾,静秋的故事中,连个幸福生活的暗示都没有就终结了他们的爱情故事。

总之,尽管女性形象被贴上"拜金"或者"纯爱"的标签,其实都与所处的时代话语摆脱不了干系。话语对人们的思想和行为在某种程度上进行着规范和支配,它的魔力源泉在于社会环境,它直接来源于社会背后的驱动力,包括社会的政治、经济和文化的驱动,从女性身体、女性思想、女性行为等方面进行建构。正如社会性别理论家所提出的:女性气质不是与生俱来的,而是由社会建构的。

虽然《非诚勿扰》节目中女嘉宾表现出了较强的女性意识,但在评点男嘉宾时,部分女嘉宾展现出对物质条件和社会地位的关注。这种现象在一定程度上反映了社会资源分配规则对个体择偶观的影响。在当前的社会环境中,女性通过婚姻获取部分社会资源的现象仍然存在,这体现了社会经济与性别角色之间的复杂关系。如何在现代社会中推动更加平等和多元的性别文化,是值得进一步探讨的问题。

一部"文革"时期历史背景的作品《山楂树之恋》,延续着"伤痕文学"的精神,反映着时代给人性所带来的扭曲与压抑,在"文革"政治与文化的高压下,女性"自我"精神存在严重缺失;在爱情的对弈中,女性主人公一直处于"失语"状态,这种状态下塑造的女性形象自然是不完整的,只能说她暗合了过去时代男性眼光中的传统女性形象。正如历史的车轮永远不可能倒退一样,彼时的女性形象再拿到当下来承担演绎"纯爱"的重任,自然是不堪重负。

不管女性形象是什么样的,都是社会这双巨手在背后作用的结果,同时反映着文明社会的发展程度,由此也指出了女性解放的方向。

拓展学习：

1. 艾米. 山楂树之恋 [M]. 南京：江苏文艺出版社，2007.

2.〔法〕西蒙娜·德·波伏娃. 第二性 [M]. 陶铁柱，译. 北京：中国书籍出版社，1998.

3.〔法〕鲍德里亚. 消费社会 [M]. 刘成富，全志刚，译. 南京：南京大学出版社，2000.

4. 高小康. 狂欢世纪：娱乐文化与现代生活方式 [M]. 郑州：河南人民出版社，1998.

第四章

艺术流变的启示和前瞻

  艺术流变的过程是一个动态的演化过程，经典与当代艺术之间存在着相互影响和相互渗透的关系。在经典与当代艺术的研究中，已经明确了艺术流变的概念与内涵。通过对一系列经典艺术作品和当代艺术实践的深入分析，可以发现在不同的历史背景下，经典艺术和当代艺术之间经历了不同的转变过程。这种转变是多样化且纷繁复杂的，不同的流变方式也产生了不同的艺术形态和语言。从历史的角度看：

  经典艺术的流变是在社会、政治、经济等多重因素影响下逐渐演变的结果。纵观历史，经典艺术始终保持着其独特的地位和影响力，但也发生了一系列转变，如从宗教到人文主义的转变，从贵族审美到大众审美的转变等。这些流变显示了经典艺术随着时代的变迁而演进的特点。

  当代艺术的流变则是在当代社会背景下，以自由表达、探索当代问题和追求创新为主要特征。当代艺术从表现形式到主题内容，呈现了巨大的多样性，通过艺术家对当代社会、文化、科技和自身经验的反思，呈现出鲜明的个体性和多元性。当代艺术的流变是对传统经典艺术的传承与创新，它寻找着在当代语境下的新的艺术方式和意义。

  基于以上研究成果，未来经典与当代艺术的发展和研究方向可以从以下几个方面进行探寻。

  首先，关注经典艺术的再创作与当代艺术的跨界融合。随着社会环境和技术的不断变迁，我们可以看到艺术家通过对经典艺术的再解读和再现，赋予其新的意义和当代性。同时，当代艺术的跨界融合也在不断发展，如音乐、舞蹈、戏剧、电影等多种艺术形式之间的交叉与融合。未来的研究可以关注这种多元性和互动性的艺术创作形式，以及其在文化传承和创新中的作用。

其次，关注艺术观众的参与与互动。当代艺术强调观众的参与与互动，鼓励观众成为艺术作品的一部分。未来的研究可以探讨艺术与观众之间的互动关系，研究观众参与艺术创作和展示的方式，以及这种互动对艺术与社会之间相互关系的影响。

再次，关注艺术与社会问题的关联。当代艺术经常以社会问题为切入点，通过艺术的方式探讨和表达社会问题。未来的研究可以关注艺术在社会问题解决中的作用，研究艺术如何通过艺术形式和视角对社会问题进行思考和诠释，并进一步研究艺术对社会变革的潜在影响。

最后，未来的研究还可以关注艺术市场的变化与发展、艺术教育的创新与改革、艺术政策的制定与实施等诸方面的问题。同时，结合文化视野，研究艺术的跨文化对话和文化传承也是一个值得关注的方向。

总而言之，经典与当代艺术的流变研究不仅仅是对艺术历史的追溯和总结，更是对当代艺术现象与文化变革的深入思考。未来的研究应该更加关注艺术的创新与实践，关注艺术与当代社会、文化、科技等方面的联系和互动关系。这将有助于我们更好地理解经典与当代艺术的价值与意义，也为艺术发展及其与社会的互动带来新的动力和启示。

结　论

《文化视野下的艺术流变研究》是一部以案例研究的形式探讨艺术发展与文化变迁的专著。通过对各个历史时期的艺术作品进行深入分析和研究，笔者试图揭示艺术的流变过程，并探寻其中的原因和意义。本书的主要观点和结论如下：

（1）艺术的流变是文化变迁的重要表现。笔者通过对不同历史时期和不同文化背景下的艺术作品进行考察，发现艺术作品中呈现的风格、主题和表现方式的变化与社会、政治、经济等因素密切相关。艺术的流变既受到历史条件的制约，也受到个体和群体对于审美价值观的不断塑造和变化的影响。

（2）古代经典与当代艺术的对话与碰撞。本书提出了古代经典艺术与当代艺术之间的对话和碰撞。古代经典艺术作为传统的艺术表达形式，在当代艺术中仍然具有重要的影响力和价值。同时，当代艺术也在一定程度上对古代经典艺术进行了重新解读和再创造，形成了一种新的艺术表达方式。

（3）艺术流变对文化的传承和创新起到重要作用。笔者认为，艺术流变既是文化传统的一种延续，又是文化创新的一种表现。艺术家通过对古代经典的重新诠释和当代社会现实的表达，使艺术作品具有了新的内涵和意义。

（4）本书所涉及的学术研究对我们认识和理解艺术的发展具有重要意义。通过对不同历史时期和文化背景的深入研究，我们可以更好地理解艺术作品背后的思想和情感，把握艺术与社会之间的关系。同时，对于艺术家来说，本书可以为其提供借鉴和启发，激发其对艺术的创作和表达的思考。

笔者认为，本书对读者具有以下几个方面的启示：

（1）加强对艺术与文化关系的认识。艺术作为文化的重要组成部分，与社会、政治、经济等方面都有着密切的联系。我们应该深入探讨艺术与文化之间的关系，认识到艺术在文化传承和创新中所起的重要作用。

（2）尊重艺术多样性与创新。艺术的流变是多样性的体现，不同历史时期和不同文化背景下的艺术作品都有其独特的价值和意义。我们应该尊重艺术家的创作权利，同时也要欣赏和接纳不同风格和表达方式的艺术作品。

（3）关注艺术与社会的互动。艺术作为文化的重要组成部分，受到社会、政治、经济等方面的影响。我们应该关注艺术作品所反映的社会问题和现实状况，以艺术的力量推动社会的进步和变革。

（4）推动艺术教育的深入发展。艺术教育不仅仅是对技巧的传授，更重要的是培养学生对艺术的审美能力和情感体验能力。我们应该加强艺术教育的深入研究，推动艺术教育在学校和社会中的更好发展。

综上所述，《文化视野下的艺术流变研究》通过对不同历史时期和文化背景下的艺术作品进行深入分析，揭示了艺术的流变过程，并对艺术流变的意义进行了探讨。本书对人们认识和理解艺术的发展具有重要意义，书中向读者提出了一些引人深思的问题，希望读者从中受到启发。

参考文献

[1] 杨兰春. 豫剧《朝阳沟》[M]. 北京：人民文学出版社，1978.

[2] 王基笑. 朝阳沟好地方——豫剧唱腔116首解析[M]. 北京：人民音乐出版社，1999.

[3] 许欣，张大力. 杨兰春传[M]. 北京：大众文艺出版社，2003.

[4] 王鸿玉. 杨兰春编导艺术论[M]. 北京：中国戏剧出版社，1993.

[5] 安葵. 当代戏曲作家论[M]. 北京：中国戏剧出版社，1989.

[6] 王蕴明. 当代戏剧审美论集[M]. 北京：文化艺术出版社，1990.

[7] 高义龙，李晓. 中国戏曲现代戏史[M]. 上海：上海文化出版社，1999.

[8] 周靖波. 中国现代戏剧论[M]. 北京：北京广播学院出版社，2003.

[9] 施旭升. 中国戏曲审美文化论[M]. 北京：北京广播学院出版社，2002.

[10] 郑传寅. 传统文化与古典戏曲[M]. 长沙：湖南人民出版社，2003.

[11] 傅谨. 新中国戏剧史[M]. 长沙：湖南美术出版社，2002.

[12] 傅谨. 草根的力量：台州戏班的田野调查与研究[M]. 南宁：广西人民出版社，2001.

[13] 傅谨. 二十世纪中国戏剧导论[M]. 北京：中国社会科学出版社，2004.

[14] 张骏祥，桑弧. 论戏曲电影[M]. 北京：中国电影出版社，1958.

[15]〔美〕J. H. 劳逊. 戏剧与电影的剧作理论与技巧[M]. 邵牧君, 齐宙, 译. 北京: 中国电影出版社, 1989.

[16] 高小健. 中国戏曲电影史[M]. 北京: 文化艺术出版社, 2005.

[17] 胡导. 戏剧表演学: 论斯氏演剧学说在我国的实践与发展[M]. 北京: 中国戏剧出版社, 2002.

[18] 陈世雄. 三角对话: 斯坦尼, 布莱希特与中国戏剧[M]. 厦门: 厦门大学出版社, 2003.

[19] 陈多. 戏曲美学[M]. 成都: 四川人民出版社, 2001.

[20] 姚文放. 中国戏剧美学的文化阐释[M]. 北京: 中国人民大学出版社, 1997.

[21] 徐慕云. 中国戏剧史[M]. 上海: 上海古籍出版社, 2001.

[22] 冯纪汉. 豫剧源流初探[M]. 郑州: 河南人民出版社, 1979.

[23] 陈建森. 戏曲与娱乐[M]. 上海: 上海人民出版社, 2003.

[24] 罗平汉. 大迁徙[M]. 南宁: 广西人民出版社, 2003.

[25] 陆学艺. 当代中国社会流动[M]. 北京: 社会科学文献出版社, 2004.

[26] 辜胜阻, 刘传江. 人口流动与农村城镇化战略管理[M]. 武汉: 华中理工大学出版社, 2000.

[27] 洪子诚. 问题与方法——中国当代文学史研究讲稿[M]. 北京: 生活·读书·新知三联书店, 2002.

[28] 南帆. 文学理论（新读本）[M]. 杭州: 浙江文艺出版社, 2002.

[29] 李杨. 50—70年代中国文学经典再解读[M]. 济南: 山东教育出版社, 2003.

[30] 李杨. 抗争宿命之路[M]. 沈阳: 时代文艺出版社, 1993.

[31] 黄会林. 当代中国大众文化研究[M]. 北京: 北京师范大学出版社, 1998.

[32] 刘勰. 文心雕龙注释[M]. 周振甫, 注. 北京: 人民文学出版社, 1981.

[33] 沈从文.《从文小说习作选》代序［M］//沈从文文集：第11卷.广州：花城出版社，1982.

[34] 孟悦.《白毛女》演变的启示［M］//二十世纪中国文学史论：第三卷.北京：东方出版中心，2003.

[35] 张柠.文化的病症：中国当代经验研究［M］.上海：上海文艺出版社，2004.

[36]〔联邦德国〕H.R.姚斯,〔美〕R.C.霍拉勃.接受美学与接受理论［M］.周宁，金元浦，译.沈阳：辽宁人民出版社，1987.

[37]〔美〕费斯克.理解大众文化［M］.王晓珏，宋伟杰，译.北京：中央编译出版社，2001.

[38]〔加〕马歇尔·麦克卢汉.理解媒介：论人的延伸［M］.何道宽，译.北京：商务印书馆，2000.

[39]〔英〕斯图尔特·霍尔.表征：文化表象与意指实践［M］.周宪，许钧，主编.北京：商务印书馆，2003.

[40]〔英〕约翰·斯道雷.文化理论与通俗文化导论［M］.杨竹山，等译.南京：南京大学出版社，2001.

[41]〔荷兰〕D.佛克马,E.蚁布思.文学研究与文化参与［M］.俞国强，译.北京：北京大学出版社，1996.

[42]〔法〕米歇尔·福柯.规训与惩罚［M］.2版.刘北成，杨远婴，译.北京：生活·读书·新知三联书店，2001.

[43]〔法〕米歇尔·福柯.疯癫与文明［M］.2版.刘北成，杨远婴，译.北京：生活·读书·新知三联书店，2003.

[44]〔美〕哈罗德·布鲁姆.影响的焦虑［M］.徐文博，译.北京：生活·读书·新知三联书店，1989.

[45]〔美〕爱德华·W.萨义德.东方学［M］.王宇根，译.北京：生活·读书·新知三联书店，1999.

[46]〔加拿大〕斯蒂文·托托西.文学研究的合法化［M］.马瑞琦，译.北京：北京大学出版社，1997.

［47］刘厚生．当代戏曲史上的特异存在——《朝阳沟》［J］．中国戏剧，2001（8）．

［48］许欣．《朝阳沟》——春雨秋风四十年［J］．纵横，2000（10）．

［49］许欣．回忆豫剧《朝阳沟》的创作与演出［J］．文史精化，1999（3）．

［50］杨厚均．经典化：一种姿态［J］．武汉科技大学学报（社会科学版），2003，5（1）．

［51］孟悦．性别表象与民族神话［J］．二十一世纪，1991（4）．

［52］孟远．六十年来歌剧《白毛女》评价模式的变迁［J］．河北学刊，2005，25（2）．

［53］李少咏．《朝阳沟》与河南地方戏［J］．周口师范学院学报，2005（1）．

［54］陈晓明．经典的焦虑与建构审美霸权［J］．山花，2002（9）．

［55］杨厚均．经典化，一种姿态［J］．武汉科技大学学报，2003（1）．

［56］陶东风．文化经典在百年中国的命运［J］．文艺理论研究，1995（3）．

［57］陶东风．官方文化与大众市民文化的互动——论20世纪90年代中国的"主旋律"电影［J］．求索，2002（3）．

［58］陶东风．日常生活的审美化与文化研究的兴起——兼论文艺学的学科反思［J］．南阳师范学院学报（社会科学版），2004，3（5）．

［59］陶东风．大话文学与消费文化语境中经典的命运［J］．天津社会科学，2005（3）．

［60］陶东风．文学经典与文化权力（上）——文化研究视野中的文学经典问题［J］．中国比较文学，2004（3）．

［61］陶东风．红色经典：在官方与市场的夹缝中求生存（下）［J］．中国比较文学，2004（4）．

［62］陶东风．试论文化批评与文学批评的关系［J］．南京大学学报（哲学·人文科学·社会科学），2004（6）．

［63］陶东风．革命·审美·解构［J］．文艺研究，2002（5）．

[64] 张荣翼. 文学经典机制的失落与后文学经典机制的崛起 [J]. 四川大学学报（哲学社会科学版），1996（3）.

[65] 丁尔苏. 经典形成的跨文化研究——世纪末比较文学的走向 [J]. 中国比较文学研究，1996（3）.

[66] 王宁. "文化研究"与经典文学研究 [J]. 天津社会科学，1996（5）.

[67] 张荣翼. 文学史、文学经典化的历史 [J]. 河北学刊，1997（4）.

[68] 阎真. 追求百年文学总结的经典性 [J]. 湖南师范大学学报（社会科学版），1997（6）.

[69] 施旭升. 现代文化语境与戏曲文本的经典化——京剧《贵妃醉酒》的文化诠释 [J]. 艺术百家，1998（1）.

[70] 昭然. 离谱的"百年经典" [J]. 文艺理论与批评，1998（1）.

[71] 颜敏. 经典的涵义和经典化问题 [J]. 创作评谭，1998（2）.

[72] 张柠. 没有经典的时代——二十世纪中国叙事文学的问题 [J]. 钟山，1998（3）.

[73] 刘成友. 形式及其观念意味：对"文革"主流文学经典文本的解读 [J]. 佳木斯大学学报（社会科学版），1998（3）.

[74] 陆肇明. 文学经典在俄罗斯现代文化中的地位 [J]. 俄罗斯文艺，1998（4）.

[75] 南帆. 文学史与经典 [J]. 文艺理论研究，1998（5）.

[76] 于可训. 在经典与现代之间——论近期小说创作中的现实主义 [J]. 江汉论坛，1998（7）.

[77] 沈炎. 绝对论与相对论——西方经典文学作品标准之争 [J]. 上海大学学报（社会科学版），1998（3）.

[78] 张荣翼. 文学史的述史秩序：原型、经典和进化 [J]. 齐鲁学刊，1999（1）.

[79] 苏文善. 重读经典：本世纪60—90年代英美华兹华斯研究 [J]. 外国文学研究，1999（2）.

[80] 李达轩. 如何走出中国文学经典创作的低谷——对20世纪中国文学的文化反思 [J]. 甘肃社会科学, 1999 (3).

[81] 郭汉城. 写在《中国戏曲经典》和《中国戏曲精品前面》[J]. 文艺研究, 1999 (3).

[82] 董谨. 50年代初文学经典的颠覆与重构 [J]. 文艺评论, 1999 (3).

[83] 孙绍振. 西方文论的引进和我国文学经典的解读 [J]. 文学评论, 1999 (5).

[84] 陈洪, 孙勇进. 世纪回首, 关于金庸作品的经典化及其他 [J]. 南开学报 (哲学社会科学版), 1999 (6).

[85] 黄万华. 从"台湾文学经典"看台湾文学精神 [J]. 台湾研究集刊, 1999 (6).

[86] 曾军.《白鹿原》的经典化过程 [J]. 荆州师范学院学报, 1999 (6).

[87] 我心目中的20世纪文学经典调查结果 [N]. 鲁迅研究月刊, 1999 (10).

[88] 陈戎. 我们是否还需要文学经典 [N]. 北京日报, 2000-08-30.

[89] 代迅. 重读"经典"——比较文学视野中的中国当代革命文学 [J]. 文艺评论, 2000 (2).

[90] 韦苇. 文学经典品格谈 [J]. 浙江师范大学学报, 2000 (3).

[91] 夏冬红. 文学经典与文学史 [J]. 南京工业大学学报 (社会科学版), 2000 (3).

[92] 王腊宝. 阅读视角、经典形成与非殖民化——关于我国外国文学研究的一点反思 [J]. 外国文学研究, 2000 (4).

[93] 李洁非. 谈文学的经典性 [J]. 大家, 2000 (5).

[94] 张清华. 经典与我们时代的文学 [J]. 钟山, 2000 (5).

[95] 金宏宇. "五四"新文学经典构成 [J]. 江汉论坛, 2000 (7).

[96] 孙康宜. 成为典范: 渔洋诗作及诗论探微 [J]. 文学评论, 2001 (1).

[97] 曾军．《文心雕龙》中的"经典"考——兼及中国文化语境中的经典与经典化问题［J］．中国典籍与文化，2001（1）．

[98] 阎永利．文学的生态环境与经典［J］．滨州师专学报，2001（3）．

[99] 沈嘉达，钟梦蛟．关于文学经典［J］．黄冈师范学院学报，2001（3）．

[100] 夏冬红．对文学、理论与经典诸观念的质疑——从乔纳森·卡勒的《文学理论》谈起［J］．忻州师范学院学报，2001（3）．

[101] 王保生．现代文学研究的文学化与经典化［J］．学术月刊，2002（3）．

[102] 林凌．二十世纪抗战文学为什么没有经典作品？［J］．中国文学研究，2001（4）．

[103] 谭五昌．为中国当代文学留住经典作品的成功尝试——评《20世纪末中国文学作品选》［J］．南方文坛，2002（1）．

[104] 戴燕．"写实主义"下的文学阅读，中国文学史经典的生成［J］．中国现代文学研究丛刊，2002（2）．

[105] 岳凯华．知识分子与中国现代文学经典的建构——由《中国新文学大系（1917—1927）》引发的思考［J］．中国文学研究，2002（3）．

[106] 王宁．文学经典的构成和重铸［J］．当代外国文学，2002（3）．

[107] 刘军平．翻译经典与文学翻译［J］．中国翻译，2002（4）．

[108] 王泽龙．略论中国现代文学研究的经典化［J］．学习与探索，2002（5）．

[109] 章颖，王腊宝．文学经典与短篇小说［J］．四川外语学院学报，2002（6）．

[110] 王宁．现代性、翻译文学与中国现代文学经典重构［J］．文艺研究，2002（6）．

[111] 鲁克兵．论《闲情赋》的经典化［J］．玉溪师范学院学报，2002（6）．

[112] 黄浩．从"经典文学时代"到"后文学经典时代"——简论"后文学社会"的五大历史特征［J］．文艺争鸣，2002（6）．

[113] 王宁. 文学的文化阐释与经典的形成 [J]. 天津社会科学, 2003 (1).

[114] 吴子林. 文化的参与: 经典再生产——以明清之际小说的"经典化"进程为个案 [J]. 文学评论, 2003 (2).

[115] 高洪波. 论唐宋八大家散文选本经典化与文论的演进 [J]. 沈阳师范大学学报(社会科学版), 2003 (2).

[116] 孙绍振. 解读文学经典的意义——在东南大学的演讲 [J]. 名作欣赏, 2003 (3).

[117] 谭军武. 当文学经典遭遇时尚网络 [J]. 文艺理论与批评, 2003 (3).

[118] 刘晗. 文学经典的建构及其在当下的命运 [J]. 吉首大学学报(社会科学版) 2003 (3).

[119] 黄曼君. 回到经典、重释经典——关于20世纪中国新文学经典化问题 [J]. 文学评论, 2004 (4).

[120] 李治建. 消费文化语境中通俗文学、大众文化的经典化 [J]. 中州学刊, 2005 (4).

[121] 张淳. 从四大名著的"变脸"看文学经典在当下的命运 [J]. 中州学刊, 2005 (4).

[122] 吴泽泉. 快感的诞生——对"戏说经典"现象的文化学分析 [J]. 中州学刊, 2005 (4).

[123] 杨剑龙, 洪玲, 王晓芳, 等. 经典解构与历史戏说——关于当代文学中历史言说新倾向的讨论 [J]. 周口师范学院学报, 2005 (1).

[124] 〔新加坡〕朱崇科. 消解与重建——论《大话西游》中的主体介入 [J]. 华文文学, 2003 (1).

[125] 沈亮. 德里达与戏剧——以戏剧的视角研究现实生活的哲学基础 [J]. 上海戏剧学院学报, 2005 (5).